「ようこそお！

ワタシは慈愛の女神メリリサート！

君を歓迎するよ！」

メリリサート
「チェンジでお願いします」

「待って!! お願い待ってぇ！

異世界人にまで見捨てられたらワタシがいる意味がな　うー！

アルテミリナにまたため息つかれちゃうよ！『少しは私の負担を減らしてくれないかしら？』って
目を細めて言われるワタシの気持ちにもなってよ！ そりゃほんのちょっとはアルテの方が優秀だと思うよ？

でもワタシの方がおっぱい大きいんだよ！ ワタシの方が若いんだよ！

アルテは人々を助けたりしているけど、ワタシの方が可愛いんだよ！ アルテは――」

「ヤマト君。彼女達が
望むのは——」
ツバキ
シオン

「私が望むのは妹の治療ですわ。
十分な栄養のある食事と病状が
悪化しないだけのポーション、
そして安静に安らげる場所。
貴方に用意ができまして？」
「ポーションは問題ありませんよ。
僕が作れますから」
Dランクポーションを渡す。
「これは、貴方が？」
「ええ。今の手持ちにそれ以上の
ものはありませんけど、明日以降で
あれば用意できると思います」
ツバキにそう答えると俺を除く全員が息を飲んだ。
「そう、ですか。嘘は言っていないみたいですわね。
シオン？ 彼でよろしいですか？」
「はい、お姉さま。私はお姉さまの瞳を信じます」

「旦那様は大きなお胸がお好きなのですか？」
「胸に貴賤はないと思っているよ」
ヤマト

ポーション成り上がり。

～楽に簡単に稼げるスキル下さい～

夜桜 蒼

FB
ファミ通文庫

イラスト／みこ

ポーション成り上がり。
〜楽に簡単に稼げるスキル下さい〜
Author
夜桜 蒼
Illustration
みこ

Contents

プロローグ

Potion Nariagari

「あっつぅ、この異常気象は死ぬぞ。むしろ働かせる会社は社畜《しゃちく》を殺すつもりか？」

八月も中旬。夏の真《ま》っ只中《ただなか》である今日この頃、炎天下に照りつけられながら書類の入った鞄を片手に暑苦しいスーツを着込んで取引先の会社を目指して歩く俺。

車や電車、バスは経費《けいひ》削減《さくげん》のために使用を禁止されて、このクソ熱い中、駅三つ分の道のりを徒歩で向かわされている。時間は余裕を持ってもらっているので約束の時間に間に合わないからと走る必要はないけど、これは歩いているだけで汗だくになってしまうぞ。

しかもこの移動時間は仕事とは関係がないとのことで残業と相殺《そうさい》すると言われている。ただでさえ安月給の上、残業があるのにその残業代まで削《けず》られてやってられない。

「はぁ、働きたくねぇ」

高校を卒業してすぐに入社できたのはいいけど、まさかこんなブラックな会社だとは思わなかった。一日の拘束時間《こうそくじかん》は一四時間を越えて移動などに使う時間は残業と相殺。

会社いわく、移動時間は好きに使って構わない、ただし約束の時間に遅れないように、とのこと。この会社は日中の業務より夕方から夜にかけての業務の方が忙しいので日中の外回りなどの時間を残業代に回す心づもりのようだ。だから移動の時間はかなり多めに取ってあるし徒歩でも十分間に合う。

先輩からはバスや電車で早めに現地に行って近くの店で休憩《きゅうけい》するように言われたが交通費は自腹で、もちろん休憩中のジュース代も出ない。喫茶店《きっさてん》に何も頼まず入るのは無理だし、それなら徒歩で向かってやろうと思ったのだがこの時期にやることではなかったようだ。

「……あ、宝くじ売り場」

目的地まで半分ほど来たところで宝くじ売り場を発見してしまった。

安月給で金はないが、もし当たれば一発逆転だと思い少し前から買っていた。「買わないと当たらない」良い謳《うた》い文句《もんく》だ。「買っても当たらない」が真実だと思ってもついつい買ってしまう。もしかしたら、ここまで買い続けたから、今回こそは、今日は運がいいから、宝くじを買う理由ばかり浮かんでなけなしの金がさらに減ってしまう。

俺はこんなに苦労しているし、そんな俺を見ている神様が当たりくじに巡り合わせてくれるかも知れない。余裕がなくなって来ると現実逃避《げんじつとうひ》にいないものにまで縋って、それを理由に夢を見てしまう。頭では分かっているけど、それでも、もしかしたら、万が

一、そんなことが浮かんでは消えて結果、宝くじを購入しているのだ。
「…………当たったら仕事を辞められる。――ここは勝負に出るか」

もはやダメ人間の考えだとは分かっているのだが、暑さにやられた頭は普段以上に正常な考えを出してくれないようだ。

五分後、財布にあった虎の子の諭吉《ゆきち》さんが消え、数十枚の宝くじが手元に。

いつもは数枚しか買わないし、これだけあればどれか当たるはず。プラス思考が頭を埋めてくれるが、先日見たユー〇ユーバーが一〇〇万円分のロトくじを買って全て外れている光景がフラッシュバックしてくる。途端《とたん》に不安が湧《わ》き上《あ》がるが、俺は大丈夫、大丈夫だ。と根拠《こんきょ》も何もない考えと共に当たったら何を買おうかと素敵な夢を思い描きながら歩き出す。

そうだな、異世界へのチケットを買って、異世界で別荘《べっそう》を買って、異世界でハーレムを…………。

キ――――ン。

夢は無限大。当たったら、そう、当たったら。
ド、――そして俺の意識は暗闇に飲まれた。

※

気づくと暗闇《くらやみ》にいた。何も見えない、触れない。自分の手足もなにも見えない完全な暗闇だ。

街中を歩いていたはずなのに、いつの間にこんな場所に来たのか見当もつかない。いや、それどころか記憶があやふやだ。宝くじを買ったところまでは覚えているがその先が定かじゃない。こんなことは初めての経験で、恐怖が身体を巡《めぐ》るようだ。

「意識が定まったようじゃのう」

「ッ！　だ、だれか、いるんですか？」

いきなり暗闇から老人の声が聞こえてきた。ただ声の出所が全然分からなかった。正面から聞こえたのか、それとも背後から聞こえたのか。周りを見渡そうにも全てが暗闇で視線が動いているのかさえ分からない。

「あー、探しても無駄じゃよ。お主には見ることはできんし、声を出すこともできんからな」

「は？　何を言って………声が出ていない？　え？　俺の身体はどうなって――」

「落ち着け、精神が乱れるとまた意識が遠のくぞ。儂《わし》には聞こえておるから心配するな」

「…………俺は死んだのですか？」

「うむ、残念ながら即死じゃな。痛みどころか死んだことすら察《さっ》せられんかったじゃろうな」

やっぱりか。身体の感覚がないし、もしかしてこれって魂の状態ってことか？　目も口もないから見たり喋ったりできないのか。

「……あれ？　でも聞こえているし話せてる？」

「儂には主の声が聞こえておるし、儂の声は万物《ばんぶつ》全てに届く。魂だろうと例外はない」

「貴方《あなた》は神様ですか？」

「お主の知識にあり、分かりやすく伝えるための人物像としてはそうなるじゃろうな。じゃがお主が考えるソレとはまた違った存在でもある」

「なぞかけは苦手でして、分かりやすく――あぁ、だから神様ですか。そう思っておけということですね？」

「そういうことじゃ。そしてお主が期待している通り、儂はお主を転生《てんせい》させるためにここにおる」

「……さすがは神様。矮小《わいしょう》な人の考えなどお見通しでしたか」

「…………先程まで不安と怯《おび》えで魂がくすんでおったのに今は期待と喜びに魂が輝いておるじゃろうが。儂でなくとも誰でも分かるわい」

確かに死んだことに不安や怯えはあったし、こうして神様と対面できたことでラノベの異世界転生を期待できる喜びに打ち震えているけど、魂が輝き出しているのか。

「――死んで喜んでいるって我ながらかなり末期だな」

「その通りじゃ。儂が作った世界で死んだというのに別の世界に行けると喜ぶなど不届きにもほどがある。転生を喜ぶ輩《やから》は辛い人生が待つ転生先を与えたいところじゃ」

「ッ大変申し訳ございませんでした！　せっかく神様のおかげで平和な世界で安寧《あんねい》と生きて来たのに、別世界に夢を見てしまって申し訳ありませんでした！」

「そうじゃ、儂の作った世界は人間には生きやすい世界なのだ。他種族や魔物など人間にとっての脅威《きょうい》が溢れる世界など平和とは無縁《むえん》なのだ。それをあやつらは理解せん。……とは言え、儂のミスでお主を死なせてしまったのは事実。平和と言いながらも無残《むざん》に死なせてしまった故《ゆえ》、お主を盟約《めいやく》に従いあやつらの世界に送ることになる。許せ」

「えっと、そんな謝られるような出来事があったんですか？　無残？　全然覚えていないですし実感がないのですけど？」

心なしか神様の声が後悔を含んでいるように聞こえた。一体俺の身に何があったんだろうか。

「それはそうじゃろうな。お主は認識できておらんからの。死んだこと、これまでの生活、家族や友人などを明確に覚えていると精神に支障をきたすことがあるからの、そこら辺は思い出せんように記憶を弄《いじ》っておる。それに即死じゃからそもそも死因《しいん》をお主は知らぬからな。お主が死んだのはハズレくじを買ったあと、道を歩いておると野球ボールほどの隕石《いんせき》がお主に激突したからじゃ。衝撃波で身体は飛散《ひさん》し即死、肉体は一九四五二個の肉片になりほぼ蒸発した。道には小さなクレーターができたがお主以外の被害はない。目撃者がいなかったゆえにお主の死に気づいた者は皆無《かいむ》じゃ。お主は失踪者扱《しっそうしゃあつか》いじゃな。本来なら儂が人のいない場所に誘導するのじゃが、ハズレくじ片手に儂の世界ではなく異世界での買い物やらハーレムなどを夢見ている愚か者《おろもの》がいて思わず手が滑ってしもうたからの。ハズレくじが当たったとしてどうやって異世界に行くつもりなのかは知らんが、金で行けると思っておるのかのう？　いや、儂の手元を狂わせる秘策だったのなら思惑《おもわく》通りではあるだろうが……」

「……俺が悪かったのでそろそろ許してくれませんか？　あと俺は宝くじを買ったのであってハズレくじは買っていませんからね？」

想像以上に悲惨《ひさん》な最期だったわけだけど原因が俺にあると言われたら何も言えないな。あえて言うならグッジョブ俺！　まさか神の手を狂わせるだけの偉業《いぎょう》を成し遂げていたとは。宝くじに当たるより凄いことだろう。

「なんじゃ、愚痴《ぐち》を言う機会はあまりないのだから少しくらい付き合ってくれても罰は当たらんぞ？」

「いたたまれなくなるので勘弁《かんべん》してください。宝くじはスルーですか？　もう消し炭になっているし今さらどっちでもいいですけど。……それで、俺は話の流れから察するに獣人や魔族など他種族が多数いる、魔法あり、魔物あり、冒険ありの異世界ファンタジーに行くってことでいいんですか？」

「うむ。お主が思っている異世界とは少し違うじゃろうが、概《おおむ》ねその通りじゃ。そしてお主の期待通り、お主に一つスキルを授《さず》けてやろう。原因はさておき、儂のミスでお主を死なせてしまったのじゃからな」

「おお、チートスキルですか。定番と言えば定番ですが、これがないと異世界には行けないと言っても過言じゃないですからね」

「はぁ、最近はそればかりじゃ。昔はひのきの棒で十分じゃったのに、今では勇者の条件は他を圧倒《あっとう》する無敵スキルじゃからな。…………これもあやつらがふざけた干渉《かんしょう》をするからじゃ。まぁよい、何か要望があるならあやつらに伝えるぞ？」

　さすがに今の時代にひのきの棒はないよ？　あれが許されたのは家に入って物を借りて行けることが前提だからね。

「そうですね……本当は俺ＴＵＥＥＥ無双《むそう》がしたいですけど、俺って戦いには不向きだと思うんですよね。それにせっかく異世界に転生するなら汗水垂らして働きたくないので、楽に生活できるように戦い系のスキルじゃなくて生産系のスキルがいいです。

……うーん、あまりチートすぎる能力は現地の人達の反感を買いそうだから、普通の人でも努力すれば可能なレベルの技術を簡単に扱えるスキルでお願いします」

錬成スキルを使って金属で簡単に武器を作るとか、薬草を調合スキルで苦労もなく薬にするとか、調理スキルで古今東西《ここんとうざい》すべての料理が意識せずとも作れるようになるとか。普通の人でも可能なことが、スキルで簡単に苦労せずあっという間にできるようになりたい。そこそこに働いて成果は達人級。そんな簡単に稼《かせ》げるスキルが欲しいのだ。

楽して働き大金を稼ぐが、他所《よそ》から見たら凄い技術を持っているからこそ大金を稼ぐことができるんだと尊敬されるような存在が理想だ。

「…………これが儂の世界で育った若者の考えか。…………そろそろリセットするかの？」

なにやら不穏《ふおん》な言葉が聞こえてきたが聞こえなかったことにしよう。どうせ家族や友達の記憶がなくなっているから天涯孤独《てんがいこどく》な人生だった感じしかしないからな。生活の知識や仕事をしていて辛かったことは覚えているのに、同僚や家族のことは意識から除外されるみたいに思い出せなくなっているな。そのことを疑問にも思わない。さすがは神の御業《みわざ》だな。

「はぁ、まぁ良い。どうせあやつらの世界じゃ、精々引《せいぜいひ》っ掻《か》き回《まわ》すといい。……どうせあやつらもそれを望んでおるだろう。お主の要望は伝える。悪いようにはならんじゃろう。詳しい話は向こうで聞け。では、さらばじゃ、お主の新たな生に祝福《しゅくふく》を」

「え？　あれ？　なんか急に雑に？」

「それではお主の息災を祈っておるぞ」

神様の声が遠くなる。視界は相変わらず真っ暗だから感覚が分からないけど急速に離れている？　あ、意識が飛びそう、これって大丈夫なのか——？

※

「——ここは？」

意識が戻ってくると今度は真っ白な空間にいるみたいだ。相変わらず身体の感覚も視覚もないのだが、先ほどまでとは違って周囲が白に覆われて明るい感じがする。

「おおっと？　気がついたのかい？　ようこそぉ！　迷える子羊《こひつじ》よー！　ワタシは慈愛《じあい》の女神《めがみ》！　メリリサート！　ワタシは君を歓迎するよ！」

白い空間から妙にハイテンションな声が聞こえてきた。さっきの神様と同じで姿は見えないけど、喋り方から幼女が大人ぶったような姿が目に浮かぶな。

「——きっと天然お馬鹿キャラ女神か、ぶりっ子気取りの痛いメルヘン女神だな」

「ちょっとぉ！　いきなり人のことディスるのやめてー！　声に出てるからね⁉　本音

がだだ洩《も》れでワタシ傷つくよぉ！」

　おっと、思わず心の声が零《こぼ》れてしまったようだ。……しかしなんだろうか、この胸のモヤモヤ感は。

「――ただ声を聞いただけで湧き上がるこの残念感。なるほど、これが自、愛の女神の御業か」

「ぐはッ！　女神ショック！　神の前で偽《いつわ》りは許されないからって、そんなハッキリ言わないで！　こんな可憐《かれん》で清楚《せいそ》で気品《きひん》と美貌《びぼう》を兼ね備えた世界のアイドル！　女神メリリサートちゃんに対してヒドいよ！　ここが教会だったらキミ！　信者にフルボッコにされているからね！」

　自分をちゃん付けか。これが自、愛の女神。さすがだ。これっぽっちも畏敬《いけい》の念《ねん》を抱かせないとは。

「慈愛の女神とか言っておいて信者にリンチさせるのか。あぁ自称か。さすがは自、愛の女神様」

「ほあぁ!!　ヒドい！　こんな酷《ひど》いことゼウスの星の子にしか言われたことないよ!!」

「……言われているんだな。むしろこの世界の住人が言わないっていうのが不安だな。この世界大丈夫か？」

「大丈夫だよ⁉　みんな元気に楽しく生きてるよ！　女神様、女神様ってすっごい称《たた》えてくれるよ！」

「なるほど。メリリサート様以外にも女神様がいてそっちの女神様は人々に崇《あが》められているってことか」

「ぎっくぅ！　な、なぁーんのことかしらねぇー、ほほほほ」

……マジで大丈夫か、この世界。これが神の一柱なのか？　駄神《だしん》の一柱じゃないだろうな。

「――もう一人の女神様がよほど優秀ってことか」

「そ、そんなことないよ！　女神はびょーどーなんだからね！　信者の数が人口ほど違っていても女神の格は同じなんだから‼」

「人口ほど違うって、全人類が信者の女神様と信者ゼロのメリリサート様ってことか？

……チェンジでお願いします」

「待って‼　お願い待ってぇ！　異世界人にまで見捨てられたらワタシがいる意味が本当になくなっちゃうー！　アルテミリナにまたため息つかれちゃうよ！　『少しは私の負担を減らしてくれないかしら？』って目を細めて言われるワタシの気持ちにもなってよ！　あれって結構傷つくんだよ⁉　ワタシだって好きで信者が少ないわけじゃないんだよ！　そもそも唯一神《ゆいいっしん》として崇められているアルテにどうやってワタシが勝てばいいの！　ワタシ、アルテの信者の子に邪神扱いされたんだよ⁉　同じ女神だよ？　そりゃほんのちょっとはアルテの方が優秀だと思うよ？　でもワタシの方がおっぱい大きいんだよ！　アルテは星の異変とかがある時は神託《しんたく》を告《つ》げたりしているけど、ワタシの方が若いんだよ！　アルテは大陸の大半が死滅《しめつ》しそうな疫病《えきびょう》が起こった時とかは降臨《こうりん》して人々を助けたりしているけど、ワタシの方が可愛いんだよ！　アルテは――」

「分かった！　分かったからもうやめとけ！　なんか聞いてて悲しくなる。それで自称アルテミリナ様より胸が大きくて若く可愛いお馬鹿なメリリ様は俺に何が言いたいんだ？」

「なんでワタシの方がアルテよりおっぱいが大きいの知ってるの⁉」

「お前大概にしろよ⁉　話が進まんだろうが‼」

それから混乱しているメリリから詳しい話を聞くのに結構な時間がかかった。

簡単に言えばメリリはこの世界で女神を名乗って行動するのはかなり難しいようで、アルテミリナ様より異世界からやってくる異世界人の対応を任せられているらしい。

……………完全に上下関係だな。本人は認めないけど。

それでたまに来る異世界人のお世話をメリリがしているらしいのだが、大抵が怒ってなんの措置《そち》もしないまま世界に転生しているそうだ。それをアルテミリナ様が捜し出して改めてお世話しているらしい。まさに女神様だ。ここにいる駄女神とは全然違うな。

「うぅ、こんなにまともに話を聞いてくれた人は五〇〇年ぶりだよぉ。前回の人なんてすっごく怒って武器だけ寄越《よこ》せって言ってすぐに転生したから大変だった……アルテが。だから今回は頑張ろうって気合いを入れたかいがあったね！　おかげでこんなにちゃんと話せたよ！　やったね！」

「ここまで聞くのに数十回はキレそうになったがな。いちいち人を馬鹿にしたように話すのはそういう仕様か？」

「仕様とかないよ！　これがワタシの魅力でしょ？　キミも虜《とりこ》になっちゃったね！　きゃるるん♪」

イラ。ッと我慢だ。俺。

「――ここでキレたらここまでの努力が無駄になってしまう。いや、話を聞いているとさっさとキレた方がアルテミリナ様にチェンジできるみたいだからそっちの方が良さそうだけど、アルテミリナ様はメリリと違って真面目そうだから融通が利《き》かないイメージがあるからな。その点メリリはお馬鹿な分、融通が利きそうだしな。ここは我慢だ。社畜で培《つちか》った精神力で耐えきってみせる」

「だから盛大に零れているからね⁉　それにワタシはお馬鹿じゃないよ！　アルテも『うんうん、メリリは賢いもんね。うん、きっといつかは………』ってワタシのこと褒《ほ》めてくれるんだからね！」

「最後の沈黙まで表現できるならそこに籠《こ》められた想いを汲《く》んでやれよ！　可憐で清楚で気品と美貌を兼ね備えた慈愛の女神なんだろ！」

　そうか。知識や知恵は兼ね備えていないと自分で言っているのか。なるほど。

「——確かに馬鹿ではないのかもしれないな」

「そうでしょ！　うふ、うふふふ。でも褒めたからってスキルを優遇したり、生まれを良くすることとしかしないからね？」

「…………、ならそろそろスキルをくれないか？　俺の要望は向こうの神様から聞いているんだろ？」

　皮肉を勘違いされたらどうしようもないな。もうさっさと済ませて転生しよう。

「あ、あれ？　何かいつもの感じになってきたような？　あははは、ワタシの気のせいだよね！　キミはワタシの信者だもんね！」

「いつ俺が信者になったんだッ!!　これまでの話の中でメリリを敬う要素がどこにあったんだ！」

「えええええ!!　だってあんなにワタシと会話してくれたんだよ!?　これは運命だって思ってもうキミの魂にワタシの加護を与えちゃったよ？　拒絶もされなかったからキミも受け入れてくれたって思ってたよ！」

「そんな神々の超常の力をただの魂の俺がどうやって防ぐんだよ!?　何も気づかずに受

け入れただけだろ！」

新手の詐欺《さぎ》か？　カミカミ詐欺。被害者は気づかぬうちに加害者の信者にされている。信仰の自由はありません。

「待ってよ⁉　アルテとワタシは女神の位的には本当に同格なんだよ！　アルテは信者が多いから加護を授けることは稀《まれ》だし、女神の加護を授かれただけでも凄いことだよ！」

「でもメリリはこっちの世界では邪神扱いされているんだろ？　なら俺は邪神の信者ってことにならないか？　邪神の加護持ちって思われないのか？）

「…………………、さぁ！　スキルの時間だよ！　キミはなんのスキルが欲しいのかなッ⁉」

「おいコラ⁉　なに話を流してんだよ！　邪神の加護なんていらねぇぞ‼」

「えぇぇ、でもキミが問題も起こしていないのに加護を取り上げたら、またアルテにお説教されちゃうよぉ！　本当に加護自体には問題ないから！　黙っていたら誰にもバレないから！　だからお願い！　私の信者のままでいて！　お礼にスキルは超絶スペシャルなパワフルレジェンドスーパーファイヤーレアなスキルにするから！」

「………俺、スキルは目立たず簡単に稼げて楽して尊敬されるスキルが良いって言ったはずだが？」

「それってワタシが言うのもなんだけど結構凄いスキルだよね？　目立たないのに尊敬

されるようなスキルがあるならワタシが欲しいよ」

「泣き言はいいよ。この要望に応えられるならメリリサート様の信者でもいいですよ？　マイナス要素を上回るスキルが手に入るならメリリサート様の加護も受け入れるッ！」

「ワタシの加護は罰ゲームでもマイナス要素でもないからね！　でも、言質《げんち》は取ったよ。キミにはこの魔法をあげる‼」

頭の中にメリリの声で【ポーション作製を授かりました】って聞こえてきた。なんかゲームみたいだな。

でも、ポーションか。確かに回復薬は冒険や戦いの必需品だから需要もあって金を稼ぎやすいよな。スキルでポンポン作れるなら楽で簡単だ。それに大量に生産できるなら怪我人《けがにん》や兵士からは尊敬や感謝をされるかもしれないな。一応、要望にはすべて応えられているのか。

「ふっふっふ。どうよ？　ワタシの信者に自分からなりたくなってきたでしょ？　ムフフフ！」

「んー、いくつか質問。……真面目に答えてくれ。こっちの世界ではポーションは必需品なのか？」

「ワタシはいつでも全力で――いえ、分かったわ。ゴホン。ええ、ポーション職人は一握りのエリート職業だし、ポーションは人々の生活に深く根付いているわ」

ポーションは誰にでも作れるハズレ職業ってわけではないみたいだな。他にも作れるヤツがいるなら俺が目立つこともないだろう。

「ポーションの需要に対して供給は追いついているのか？」

「いいえ。さっきも言ったけどポーション職人は一握りの選ばれた人だけの特殊な職業なの。ポーションが根付いているとは言っても数は全然足りてないわね。最も安定した職業はポーション職人だとワタシが保証してあげる」

需要は十分か。それなら金稼ぎに持ってこいか。

「――メリリの保証なのが心配だけど」

「ちょっと！　聞こえているからね！」

「こっちの世界では、冒険者やハンターが魔物や魔族と戦っているのか？　国同士の戦争とかあるのか？」

「スルーしないで……最近は大人しいけど国同士が領土を求めて戦争することはあるわね。冒険者が魔物と戦うこともあるわ。でも魔族は獣人族とかと同じ他種族の一つだから人間と特別敵対しているとかはないかな。戦争をすることはあるけど」

冒険者がいて国同士で戦争が起こるってことはポーションの価値は揺るがないかな。

気になる点はいくつかあるけど、これは現地で確認した方がいいか。

「――メリリの言葉を鵜呑《うの》みにしてたら痛い目に遭いそうだし」

「……だから聞こえて、もういいわ」

「この世界は魔法やスキル、能力といった超常の力が溢れているのか？」

「魔法は存在しているけど、そこまで多くないわよ。ステータスとかレベルとかはないから、修行をしたらドンドン強くなっていくってことはないわね。超常の力っていうならワタシ達女神が与える魔法だけが該当するかしら。その道を極めた人ってのはいるけど、ワタシ達が与える魔法ほどの能力はないわ。人が到達できない領域にあるのが魔法だと思ってくれたらいいかしら」

……つまり俺も人外の一人になったってことか。ポーション作製魔法がバレないようにしないと色々マズいのか？

「ポーション作製って俺が薬草を集めて調合する必要があるのか？」

「いいえ、簡単に楽してって要望だったから普通は時間と手間をかけて調合するポーションを、キミは欲しいポーションを思い浮かべるだけで作製できるようにしたわ。ただし数は制限させてもらうわ。ポーションにはSからGまでランクが設定してあるの。キミにはAからFまでのレア度に応じて作製数を制限しているわ。Sランクはキミが正式に私の使徒になったら作製できるようにするわね」

作製数を制限されたか。まぁあまりに大量に作れば注目が集まるし、ほどほどのスキルって意味でも要望通りか。

「――信者から使徒に格上げしようとしてもSランクが必要にならない限りは無視できるわけだな。元々目立ちたくないんだからSランクは不要だ。最悪の事態は回避できそうだな」

「ちょっと！　なんでそんなにワタシのことを避けるのよ！　Sランクは神話級の幻のポーションなのよ！　作れるのはワタシの使徒であるキミだけだよ⁉」

「勝手に人を使徒にしようとするな‼　俺が苦渋の思いで受け入れたのは信者になることまでだ！　邪神の使徒って思われたら普通に生活できないだろうが！　普通に討伐されて終わるわ！」

「ワタシは邪神じゃないわよ⁉　……ならキミには信者としてワタシが邪神ではなくアルテと同じ女神であるってことを喧伝してもらうわ！　一年以内に何かしらの成果が上がっていなかったら能力を取り上げるからね！」

「やっぱり邪神じゃねぇか！　なにナチュラルに不可能なことを要求して脅迫してんだよ‼」

「不可能じゃないわよ！　本当にワタシとアルテは同じ女神なのよ⁉」

たとえ同じ女神だったとしてもこれまで何もしてこなかったメリリの知名度は低い。邪神と勘違いされるレベルとか終わっているだろう。アルテミリナ様との差がもはや修復不可能なほど離れていたら信仰を得るのは簡単じゃないだろうが。……いや、ポーシヨン、か。

「信者を増やすことができたら成果と認めるか？」

「何か思いついたの⁉　ええ！　信者を増やしてくれたらキミを使徒と認めてあげるわ‼」

「だから人を使徒に格上げするな‼　……ただ上手《うま》く行かなかったとしても俺の努力は評価してくれよ。信者を増やす努力はするけどこの世界でメリリの名前が邪神として定着していたら本当に不可能かも知れないし。その際は魔法はそのままで俺を信者から除名していいから」

「イヤよ！　それ絶対真面目にしないヤツでしょ⁉　真面目にしないならキミに女神の呪いをつけるからね！　幸運値マイナスになるからね‼」

「どう聞いても邪神の呪いだろうが‼　お前以前に同じことやっただろ⁉　それで邪神の噂が流れたんだろう‼」

「し、しし、しら、しし、しらな、しらな、知らない、わよ」

いきなり噛みすぎだろう…………これは前途多難《ぜんとたなん》だな。

「……それで俺は何時《いつ》になったら転生させてもらえるんだ？」

メリリに信者認定されて、イヤイヤながらもメリリの信者増やしに努力することで話はまとまったのだが、それから結構な時間が経つが一向にこの世界に転生させられる気配がない。メリリは「ムムム」や「ヌヌヌ」など呻《うめ》いているが、姿が見えない俺には何をしているのか全然分からない。

「恐らくアイドルや女神にあるまじき行為を――」

「違うわよ⁉　キミが我が儘言うから下界を見て都合のいい男の身体を探しているんでしょ！」

「都合のいい男を探している？　欲求不満か？」

「ちーがーう！　キミが貴族の子供はイヤだとか、大商人の子供はイヤだとか、女の子はイヤだとか、そもそも赤ちゃんに転生するのはイヤだって言うから困っているんでしょうが‼」

いや、そう言われても俺はメリリの願望を叶えるために要望を伝えただけなんだが。

転生するに当たってメリリは俺を伯爵家《はくしゃくけ》の次男にさせようとしていた。まだ生まれる前の胎児《たいじ》にだ。そもそもが貴族なんて規律とか礼儀とか絶対に面倒だ。だからもっと気ままに生きられるようにと別の転生先を求めた。すると今度は裕福な商家の三男を指定されたが、ポーションが作れる商家の三男って死ぬまでポーションを作らされ続けるだろう。両親や兄にこき使われるのはごめんだ。すると今度は平民の中ではそこそこ裕福な家庭の第一子と言われたが性別が女性だった。転生で性転換はないこともないだろうけど俺は無理だ。

そもそも現在の記憶をそのままに転生させてくれるなら胎児からスタートだと大きくなるまでに時間がかかりすぎるし、一年以内に成果を出すなど絶対に不可能だ。

そこで俺は結果を出すためだとメリリに言って要望を伝えた。

成人前後の男で、背後関係にしがらみがなく、種族差別に無縁《むえん》であり、アルテミリナ様の信者ではなく、健康的で筋肉質であり、そこそこイケメンで、街の近くにいて、その街に入るための手段があり、多少の路銀を持っていて、俺と入れ替わっても絶対にバレない天涯孤独《てんがいこどく》な者であって死んでいることだ。

生きている者の身体を奪うわけにもいかないし、死んでいてもメリリが身体を修復して俺の魂を入れると言っていたので初めはすぐに見つかると思っていたが、「アルテミリナ様の信者ではない」これが問題だった。成人している者はほぼすべてがアルテミリナ様の信者だ。この世界では一五歳で成人の儀式を教会で行うのだが、その時アルテミリナ様に祈りを捧げる。ここで信者になる。つまり成人しているイコール信者だ。成人していて信者ではない者は悪人や犯罪者など一部の者だけだ。

そうなると成人前となるわけだが、俺と入れ替わってもバレない未成年の子供だとかなり限られてしまうようだ。親類縁者と関係が切れている子供がいるのだろうか。背後関係がなく、そして俺と入れ替わっても問題がない子供か……。

一応候補の中に可能性として奴隷も含まれていたがそれは拒否させてもらった。

「さすがに条件を全部適えるのはムリかなぁ。うーん、入れ替わりでバレるのは記憶喪失で誤魔化《ごまか》すとして、健康面はワタシの加護でどうにかする。顔の形は忘れて、筋肉は自分でどうにかさせて、差別はポーション職人でカバー、ポーションがあるから路銀になるし街には入れるとして、――成人前で街の近くにいるアルテの信者じゃない死んだばかりの若者――いたぁ‼」

ずいぶんと要望が削られたが、まぁ仕方がないか。記憶喪失で誤魔化せる程度の希薄な人間関係だろうな？

「女じゃないだろうな？」

「男よ！　それに隣の国から逃げて来た難民の最後の生き残りだったから天涯孤独だよ！　祝福を受ける前で信者でもないし、今森の中で魔物に襲われて死んだばかり！すぐに身体を蘇生《そせい》させてキミを転生させるわ！　アルテにバレる前に急いで‼」

「いや、俺に急いでと言われても、俺は身動きどころか視界もないんだが？」

「そうだった！　ワタシがしないと！　えっと加護は魂に刻んでいるから、まずは蘇生ね！　身体の異常もすべて取り除いて、ついでに古傷も治しちゃおっと。ちょっとだけ身体を強化しておくね。衣服の修復もしたから完璧！　それじゃ、時間がないからあとはお願いね！」

「待て！　近くにそいつを殺した魔物がいるんだろ！　俺が街に着けるまで俺の周囲に魔物除けを施《ほどこ》してくれ！」

転生した瞬間ジ・エンドとか笑えない。襲われながらポーションを飲み続けるとか絶対嫌だからね？

「そうだったわね、でもアルテにバレるかも……。あまり長く持たないから急いで森を抜けてね。倒れている場所から大岩が見えるから、そっちの方角へ進んだら街に着くわ」

「分かった。……転生したらもうメリリとは会えないのか？」

「ええ。会えるとしたら使徒になる時だけよ。……もし使徒になってくれるならワタシの教会を作って。そこで祈りを捧げてくれたらワタシがキミを迎えに行くわ」

「……使徒になるかはまだ分からない。だけど今の俺はメリリの信者だ。――メリリサート様、この度は俺の無理な要望を叶えてくれてありがとうございます。約束通り、俺にできるだけのことはします。……信者が集まったら、また会いましょう」

「ふふ、ええ。待っているわ。貴方の未来に祝福を。また会いましょう」

地球の神様と別れた時と同じようにメリリの気配が遠くなるのを感じる。白い世界から暗闇に沈み込んでいくようだ。でも不思議と恐怖はない。……なるほど。神様が言った通り俺は喜んでいるのか。何も知らない世界に放り込まれるというのに不安はない。

俺の魂はきっと輝きに満ちていることだろう。

第一章 サイガスの街

Potion Nariagari

手足の感覚がハッキリと感じられ、俺は身体を手に入れたと実感すると共に新たな世界を見るために目を見開いた。

――世界は変わらず真っ暗だった。

「……あれ？」

手足はある。手で顔を触ることもできる。目蓋《まぶた》も動いている。声も出る。動くこともできる。草を踏みしめる音も聞こえる。

……現在考えられる原因は二つ。この身体の持ち主は魔物に襲われていたはずだ。メリリが蘇生《そせい》させてくれているはずだが、目の修復を忘れて盲目になっているというのが一つ。もう一つは、この身体の持ち主は森で襲われていたはずだ。ここが森の中で現在が深夜であり、星の光も入り込めないほど深い森の中であるのならば完全な暗闇にも納得できる。…………身体の修復に不手際《ふてぎわ》があったとは思いたくないから後者だろう。

大岩がどこにあるのかも見えない以上、ここを動くのはマズい。しかし、メリリは魔物除けの措置《そち》を頼んだ時、アルテミリナ様にバレるから急いで森を出るように言っていた。あまり長くは持たないと。

……………これは、マズイ状況ではないだろうか？　いくら瞬《まばた》きしても目が暗闇に慣れることもなく完全な暗闇だ。風の音や虫の声、何やら背中がぞわっとする唸《うな》り声《ごえ》も聞こえている。このままここにいるのはヤバそうだ。

まずは状況の確認だ。身体は正常に動いている。痛みや欠損《けっそん》もなく自分の思い通りに動いている。

次はメリリに授《さず》かった魔法を試すか。確か考えるだけで作れるって言ってたな。ランクはFからAまで作れるって言ってたし、とりあえず。

「Fランクポーション出ろ！　お？　おぉ？　おー」

手の平を上にしてポーションが出てくるイメージをしたら手の平に何やら硬く細長い物が出現したみたいだ。暗くて見えないが触った感じは試験管のような触り心地だ。下の方はツルッと丸く、一番上は何やら材質が違う物が刺さっているみたいだ。恐らくコルクのような物が蓋《ふた》になっているようだ。

試しにコルクを抜いて飲んでみる。丁度《ちょうど》喉が渇いていたからね。

「……ポーション、それも異世界の薬だから苦い物を予想していたが、これって栄養ドリンク？」

仕事で疲れた時なんかによくお世話になっていた某栄養ドリンクによく似た味だ。

……ポーションは栄養ドリンク？　……次々試すか。

とりあえず代償《だいしょう》が必要ではないみたいだし、物は試しだとEランクからCランクまで作っては飲んでみた。

味はそれぞれ違うが甘味のある飲みやすい味だった。身体に変化はないし効能があるのか不安だ。

そして次にBランクポーションを作ってみると、これまでとは違い出てきたポーションがほんのりと光って手の平を照らしてくれた。

「おお⁉　このポーションうっすらとだけど光ってる！」

Bランクポーションは Cランクポーションまでと違って入っている容器が試験管モドキではなく小さな瓶《びん》だった。意匠《いしょう》をこらした細工《さいく》が施《ほどこ》されているけどキャップは変わらずコルク栓《せん》のようだ。

高級な某栄養ドリンク程度の小さな瓶だったので光も蛍の光程度の小さな物だけど、手の平を映し出してくれることはできた。

神様達のところにいて感覚がマヒしていたから気にならなかったけど、かなり久しぶりの光だ。

せっかくの光が消えるのはもったいないけど物は試しだとBランクポーションも飲ん

でみる。また作れば良いしな。……数に制限があるって言ってたな。

「ッ、これは。はは、凄いな。まさにファンタジーだ」

Bランクポーションを飲み込むと俺の身体が僅《わず》かにだが発光していた。それと身体の中から力が湧き上がるのを感じた。

身体が発光したおかげで自分の身体を少し見ることができたけど、……気のせいかな？　手足が短い気がするんだけど。いや、ドワーフみたいなずんぐりむっくりってわけじゃないよ？　普通に子供体形にしか見えないだけで。メリリのヤツ、「成人前」だけを考えて子供に転生《てんせい》させたんじゃないのか？　…………いや、むしろそれ以外考えられない。…………人前に出る前に顔を確認して年齢を決めるか。

「さて、予想外のことが起こったわけだが、次はいよいよ大本命」

Bランクポーションで僅かに発光したならAランクポーションならもっと明確に光るんじゃないのか？　ランタン代わりになれば言うことないが。

「期待に応えてくれよ。Aランクポーション出ろ！」

手の平が発光しているからAランクポーションが出て来る瞬間が見えたが、手の平の上にポンッとどこからともなくガラス瓶が生まれた。

さすがはAランクポーションだ、期待に応えて蠟燭程度の光が辺りを照らしてくれている。

さすがに懐中電灯代わりにはならないけど、大岩を見つけることはできた。

これを飲めば身体が発光して手で持つより光が強くなりそうだけど、Bランクポーションの発光は既に収まっている。Aランクポーションをもう一つ作ろうとしたが出て来る気配はなく、もし発光が短時間で消えたらまた暗闇に逆戻りになるので森を抜けるまで飲むのは止めておいた。

ちなみにBランクポーションはもう一つ出て来たが、三つ目は出て来なかった。Aランクポーションが一つ、Bランクポーションが二つ、これが制限の可能性がありそうだ。そうなるとCランクポーションは三つかな？

ここで試したいところだがメリリが急げと言っていたし、発光がいつまで続くか分からないのでひとまずは森を脱出することを目指すことにする。

大岩のあった方角に小走りで進んで行く。光はほんの一メートル先までしか照らしてくれていないが木にぶつかることもなく軽快《けいかい》に進んで行ける。力が漲《みなぎ》っているし、これなら全力で走っても良さそうだ。不思議と大岩から街に向かう方角が分かるから自信を持って森を走り抜けることができた。

息を乱すこともなく結構な時間を走り続けていると、Aランクポーションの光以外の光が森の上部から僅《わず》かに差してきた。

太陽の光が森の木々に遮《さえぎ》られながらも薄暗く森の中を照らしてくれるようになり、A

ランクポーションの光源《こうげん》が必要なくなった。そこでいよいよAランクポーションの試飲をすることにした。

「ッ！　ほろ苦いけど飲めるな。Aランクポーションと Bランクポーションは苦味があって薬を飲んでいる実感がある。それに身体の芯《しん》が熱くなっているように感じるな」

怪我《けが》をしていないので効能が感覚的なものしか分からないけど体調に問題はないみたいだ。効能なのか分からないけどポーションを飲みまくっているからか結構な距離を走っているはずなのに身体が全然疲れていない。

Bランクポーションを飲んだ時みたいに身体が僅かに発光したようだけど、周りが明るくなっているのでよく分からなかった。

ともかく辺りが明るくなったのでAランクポーションを握って前方を確認する必要もなくなった。メリリのうっかりが発動する前に急いで森を抜けよう。

それからしばらく枝や障害物にだけ気をつけて走り続け、ついに森を抜けることができた。

森の外は草原に川が流れていて遠くに城壁《じょうへき》のようなものが見えていた。あそこがメリリの言っていた街かな？

太陽はしっかりと昇っているし、結構な時間を走り続けたみたいだ。

「ポーション凄いな。全然疲れていないぞ。これなら街までだって走っていけそうだ」

もっともできたとしてもそんな急いで行くつもりはないけどね。森は抜けたし魔物に襲われる心配はないだろう。あとはのんびり歩いて街に向かうとしよう。

「キュウ」

そんなことを思い歩き出した俺の前に、角を生やしたウサギのような生き物が出て来た。これは一角兎《いっかくうさぎ》というヤツか！　こんな街が見える場所で現れるなら初心者向けの魔物なのか？

初めて見る生物な上、人懐《ひとなつ》っこそうな瞳と仕草《しぐさ》に警戒を忘れて近づくと一角兎が目にも止まらぬ速さで俺に激突してきた。

「ッが、いってぇ!!　こ、のぉ!!　があぐぅぅ」

腹に深々と角を突き刺した一角兎を殴りつけると反動で角が抜けたが、凄まじい痛みが走った。立っていられず膝をついた俺を横目に一角兎は早々に走り去ってしまった。

身体を支えられなくなって横に倒れると、また激痛が全身を駆け巡る。

「はぁ、はぁ、いてぇ。これ、やばくないか。血が止まらねぇ」

身体が震える。頭が回らない。とにかく痛い。身じろぎ一つで激痛が全身を走って意識が飛びそうだ。

「そうだ。ポーション、Aランクポーション、Bランクポーション、Cランクポーション！」

Aランクポーションとランクポーションは制限のせいで出て来なかった。Cランクポーションは出て来たので、震える手で蓋をこじ開け、口に流し込む。

呼吸がまともにできず噴き出しそうになりながらも飲み込むと嘘のように痛みがなくなった。念のためにもう一本を生み出して傷口にかけるが傷は既に塞《ふさ》がっていたようだ。

「……………凄いな。傷口が完全に塞がっているぞ。痛みも全くなくなったな」

二本目はいらなかったみたいだな。ビックリするほどの治癒力《ちゆりょく》だ。腹に空いた風穴が完全に塞がってしまった。さすがは魔法がある世界だ。医者は必要なさそうだな。

立ち上がって身体についた泥汚れをはたき落として一角兎が逃げた方を見るけど、もういなくなっている。身体はあれだけの怪我を負《お》ったというのに違和感一つない。

それにしても、まさか森を抜けていきなり魔物に襲われるとは。メリリの魔物除けが消えたんだろうな。のんびり行こうとか考えないで急いで街に向かった方がいいな。ポーションがあったから助かったけどこの世界は俺が生きるには危険が大きい。

ポーションがあといくつ出せるのか分からないから楽観視もできない。ポケットに入れていた二つ目のBランクポーションはさっきの衝撃で割れてしまっているからAランクポーション、Bランクポーションはもうない。Cランクポーションもまだ生み出せるか分からないし、下手に生み出してまた割ったら目も当てられないから今は試すわけにもいかない。

Ｄランクポーションで傷が治せるのか分からないし、試したくもないから魔物に出会う前に急いで街に行くべきだろう。

そして戦闘スキルをもらったわけではないのだから街で細々とひっそりと暮らそう。これは目立って誰かに目をつけられたら自分の身一つ守れない可能性が大だぞ。確かに優れた能力だけど、身を守ることには向いてない。

これだけの効能だ。悪徳貴族に捕まったら一生屋敷でポーション作りをさせられるかも知れない。街ではＤランクまでで様子を見ることにしよう。ヤバくなりそうなら早々に街を逃げ出すつもりで準備も必要だな。

また一角兎のような魔物が現れないか辺りに気を配りながら街を目指して走る。森を出て少し走ると舗装《ほそう》されてはいないが馬車などの往来が盛んなことが見て取れる道に出た。その道に沿って街の方角を見ると歩いている人や馬車の姿が遠目にいくつか見える。

ここまで来たら魔物の出現も少ないだろうけど、このまま走って街に向かうとするか。

ポーションのおかげなのか全然疲れていない。腹も減っていないし、ポーションだけで生きていけるんじゃないのか？　……病院で点滴《てんてき》に繋がれてやせ細った自分の姿が浮かんでしまった。さっさと街に行って美味いメシにありつきたいものだ。

街に入る前に俺の素性《すじょう》を考えておくことにする。とりあえずこの身体の元持ち主は隣の国の民で難民として流れて来たって言っていた。国の名前も知らないけど記憶喪失で通るのか？　生まれた時から森の向こう側にある辺境の集落で生活していたから国のことは知らないと言うか。どうせ子供だし、詳しくは聞かれないだろう。

家族はおらず、薬師《くすし》の師匠と一緒に生活していてポーションの作り方を教わったことにして、師匠は難民になる前に死に別れたとするか。もし高ランクポーションを出さないといけない事態になったら師匠が作ったポーションということにしよう。

街に入る前にとりあえずFランク、Eランク、Dランクのポーションを三本ずつ用意しておく。メリリの話では俺の作り方は魔法によるチートみたいだから、人前で作製をするわけにはいかない。可能な限り隠し通したいが普通の作り方を教えてもらうことはできるんだろうか？　通常の作り方が分かればそれと混ぜて出荷することで目くらましになりそうだけど。

まぁ、それはおいおい考えるとして、問題はこんな子供がポーション持って他国から来て、街に入ることができるのかってところか。難民は受け入れてもらえないのが常だよな。密入国者として裁《さば》かれるとか勘弁《かんべん》してくれよ？

あぁ、考えながら走ってたらもう門の傍《そば》まで辿り着いてしまった。……馬車を追い抜きまくったけど問題なかったよね？　疲れないものだから結構な速度で結構な距離を走ったけど……。考えに夢中になって周りを気にしていなかったな。話題にならないことを祈ろう。

そんなわけであっという間に街まで辿り着いた。

二〇メートルはありそうな壁がぐるりと街を囲んでいるみたいだ。魔物の侵入を防ぐためだろうけどかなり広いぞ？　ここって王都なのか？　門の前に並んでいる人達も結構な数いるし、かなり賑《にぎ》わっているみたいだ。

ちなみに言葉は普通に話せた。列に並んでいる時に前にいたオジサンと少し話をしたけど言葉は普通に通じていた。

そして、この街はベルモンド子爵《ししやく》が治める街でベルモンド領サイガスの街というらしい。この国では比較的大きな街らしく、王都には及ばないが交通の要所になっているので地方の街としてはかなり活気があるそうだ。

俺が来た森はモルガレ大森林と言って隣の国であるランデリック帝国との国境にある大森林で魔物の住処《すみか》と言われる魔境《まきよう》らしい。難民の皆さんはそんなところを越えようとしていたのか？

「次の者、こちらへ」

オジサンが呼ばれて少しすると俺の番が来た。門の所で身分証を見せる必要があるらしいけど、失くした場合は詰め所で取り調べを受けると発行してくれるみたいだ。犯罪者でなければ街に入るのはそれほど難しくないそうだ。難民の受け入れもあるそうだが大抵は仕事に就けずホームレスになるみたいだな。難民がすぐに働ける職場は少ないみたいだ。

オジサンが「仕事に困ったならオリビン商会を訪ねなさい」と言ってくれたのでひとまずポーションが失敗しても生活はできそうだ。

「ん？　キミ一人かい？」

「はい。帝国の方から来ました」

帝国から来たわけじゃありませんよ。帝国の方角から来たのです。なんてね。

「……難民か。それもこんな子供が一人で。——身分証はあるかな？」

「ありません。今持っているのはポーションくらいです」

「は？　ポーション？　……身分証がないなら詰め所で詳しい話を聞く必要があるな。オーイッ！　交代してくれ！　あとメルビン部隊長を呼んでくれ！」

「「了解しました！」」

若い兵士が詰め所らしい場所から二人出て来た。俺の対応をしてくれていた兵士さんは上司みたいだな。いくつか言葉を交わして一人は走って行った。それから俺は兵士さんに連れられて詰め所に入り椅子《いす》に座らせられた。

机と椅子しかない殺風景な部屋だ。隣に続く扉があるからこの奥が休憩室かな？　ここは取調室みたいな感じか。犯罪者の確認をするって言ってたし。

「狭い所ですまないな。もう少ししたら俺の上司が来てくれる。許可証の発行はそれからになるんだが、先に少し質問をさせてくれ」

「はい。どうぞ」

「まずは、そうだな。両親や世話をしてくれる人はいないのか？」

「いません。両親は幼い頃に死んでて、育ててくれた師匠も国を出る前に亡くなりました」

「そうか。……さっきポーションを持っているって言っていたけど、その師匠が作った物か？」

　両親が死んでいるって言っても対応が軽いな。この世界では日常的なことなのかな？　それにしてもポーションにすぐに飛びついたな。メリリが言っていた通り希少な職業なんだろうけど、Dランクポーションまでは俺が作れるとした方がいいよな。今後販売もしないといけないし。師匠が作ったのは一角兎に刺された時に使ったCランクポーションということにしよう。傷が一瞬で完治するほどのポーションを作れる師匠のもとにいたっていうのはいいアドバンテージになるだろう。

「いえ僕が作った物です。ここに来る前に角の生えた兎に襲われて師匠が作ったポーションは使ってしまいました」

「一角兎のことか？　よく生きていたな。かすり傷だったのか？」

やっぱりあの兎は一角兎なんだな。それにしても兎と聞いてよく生きていたなって、そんなに危険な魔物が街のすぐ傍に放置されているのか？

「いえ、お腹に穴が空きましたよ。ほらここ破けているでしょ？」

「ッ、いやいや、騙そうとしたらダメだぞ？　その穴、軽く内臓まで達しているレベルだぞ？　それを完治させたって言うつもりか？」

「はい。師匠は凄腕のポーション職人でしたから」

Cランクポーションは当然で、Bランクポーション辺りまでは師匠は作れたことにするかな。俺も製法は知っているけど現状では道具が足りないとか言っておけばいいか？

「ッお前、それは――」

――コンコン。

「失礼するよ、貴方《あなた》がポーションを持って来た少年だね」

鎧を着た爽《さわ》やかイケメンがノックをして部屋に入って来た。正面に座っていた兵士さんはバッと立ち上がって敬礼している。俺も立ち上がろうとすると爽やかイケメンが手で制止してきたので黙って座り直す。

「私はここの部隊長を任せられているメルビンだ。話を聞かせてもらいたいのだけど、まずは名前を聞いてもいいかな？」

年齢は二〇歳くらいかな。台座がついた水晶を机に置いて兵士さんの隣に座った。

これから本格的な聴取《ちょうしゅ》が始まるわけだよな。できるだけ子供らしく振る舞った方がいいか。

「はじめまして。僕は――」

――名前覚えていないぞ。そういえば地球の神様が記憶を弄《いじ》ったって言ってたな。家族とか住んでた場所が思い出せん。……どうするかな。名前とか咄嗟《とっさ》に思いつかんぞ。異世界に馴染《なじ》む名前も分からんし……地球、日本、ジャパン…………大和、よし、ヤマトにしよう。今日からポーション職人のヤマトだ。

「――ヤマトといいます。森の向こう側にある集落から来ました」

「森の向こう側……。ふむ、ヤマト君は一人で来たのかな？」

「いえ、集落の皆で森に入ったのですが魔物に襲われた時にはぐれてしまって。僕は師匠からもらった魔除けの薬でどうにか森を抜けることができたんですけど、森を抜けた時に効果が切れたらしく一角兎にこの通りやられてしまい、師匠から頂いたポーションでどうにか治りましたよ」

俺が服に空いた穴を見せるとメルビンさんは視線を送りながら難しい顔をしていた。

「……ヤマト君が持っているというポーションを見せてもらえるかな？」

「はい。これです」

「これは………師匠の方から頂いた物かな？」

メルビンさんに渡したのは来る前に作っておいたFランク、Eランク、Dランクポーションだ。Dランクポーションを見て驚いているみたいだけど……そうか、Dランクポーションではこの怪我は治せないか。Dランクポーションで治る軽い怪我だったと思われたら師匠の威厳《いげん》がなくなるよな。それにこれは俺が作ったことにしないと今後の販売に差《さ》し障《さわ》る。

「自分で作りました」

俺の言葉を聞いて俺の目をジッと見たあと、隣の兵士さんに視線を向けるメルビンさん。兵士さんが頷《うなず》くのを確認してから再度俺に視線を戻した。

今の俺の外見は子供だし、ポーション職人は希少だって話だからこの年齢でポーションを作れるのが凄いって思われているのかな？

「………嘘はついていないみたいだね。しかし本当にこのポーションでその怪我が治ったのかい？」

「あぁいや、怪我は師匠にもらったCランクポーションで治しました」

「Cランク！　それはまだ持っているのかな？」

「いえ、今は持っていません。一角兎にやられた時に使ったので……」

「そ、そうか。残念だ」

Cランクでも凄いのか？　確かに腹に風穴が空いているのを一瞬で治療したからな。

「Cランクポーションは希少なんですか？」

「そうだね、王都であれば作り手もいるけど、数が少ないからこの辺りまではとても回って来ないよ。もちろんDランクポーションも希少だよ。通行証の手続きが終わったら商業ギルドまで案内するよ」

Dランクポーションでも希少なのか。少なくとも五本は作れるけど、制限がまだよく分からないんだよな。

ギルドに行ったあとに宿を借りてポーションを限界数まで作って、明日の朝に再度作ってみたらおおよそ見当がつくかな。

「ゴホン、では通行証の発行のために質問をします。ヤマト君はこの街になんのために来ましたか？」

これまでの問答《もんどう》は関係なかったのかよ！　まぁCランクポーションが希少だと分かったからいいけどさ。

とりあえず目的はこの街でポーションを売って生活基盤を盤石《ばんじゃく》にすることだな。

「この街でポーションを売って生活ができればと思っています。人様に迷惑をかける行いをするつもりはありません」

「結構です。ではこの水晶に触れてください」

言われるまま手の平で摑むように水晶に触るが何も起こらない。

「はい。問題ありません。これは過去に犯罪を犯した者が触れると赤く光るんだよ。ヤマト君は犯罪歴なしなので問題なく通行手続きができるよ。ゲイル、手続きをお願いします。私はこのまま商業ギルドまでヤマト君を案内します」

「ハッ、了解しました！」

兵士さんが再度立ち上がり敬礼していた。俺はメルビンさんに誘導されながら詰め所を出て無事街の中に入ることができた。


詰め所を出て大きな門をくぐりメルビンさんと街に入ったが、そこは想像以上だった。

街を囲む城壁を見た時にも思ったが街が広い。これだけ広い街を囲む城壁にもビックリするが、中に入ると見えてくるのが高台にあるお城のような屋敷だ。街の中心部より後方にある高台にドーンとデカい屋敷が見えている。あそこからなら街が全て見渡せそうだ。

メルビンさんに聞くとあの屋敷にこの街の領主であるベルモンド子爵が住んでいるらしい。治安が良く住民からの評判も上々で、住むには打ってつけの街だと説明された。

兵士だしポーション職人を自分の住む街に居住させたいのかな？　俺以外にも薬師が数人いるって話だからそこまで必死ではないだろうけど。

メルビンさんはポーションショ職人を薬師って呼んでいるみたいだ。俺以外にポーション職人はいますかって聞くと「薬師は数人いるよ」って答えていた。この街ではポーション職人は薬師って呼ぶみたいだ。メリリのせいで恥《はじ》を掻《か》いたな。

「ここが商業ギルドだよ」

街並みを見物しながら歩いていると周りの建物より一際《ひときわ》大きい建物が見えてきて、メルビンさんが扉の前まで来てそう教えてくれた。

人の出入りも多く、建物の両脇には馬車がそのまま入れる倉庫のような場所も見える。この街の商業を一手に担っているなら大儲《おおもう》けしてそうだ。ポーションを少し持ち込んでも相手にされないいんじゃないだろうか。もっと小さな商店に持って行った方が良さそうだけど。

「メルビンさん、今持っているポーションは数本しかないので、こんな大きな商会で商談するほどではないんですけど。もっと小さな商店の方が良くないですか？」

「いや、ポーションを卸すには商業ギルドの許可が必要なんだよ。基本的に街の商店に直接卸すのは認められていないよ。ポーションの良し悪しや、管理の問題があるからね。それに街で商売をするには商業ギルドでギルド証を発行してもらわないと違法になってしまうよ」

「なるほど。だからここまで連れて来てくれたんですね。聞いていなかったら犯罪者になるところでした」

「ははは。そこまでの事態にはならないよ。余程のことがない限りちょっと注意を受けるくらいかな。じゃ私はここまでだね。中に入ると奥の方にカウンターが見えるから、そこで手続きを済ませてね。何か困ったことがあったらいつでも私を訪ねてきて良いからね。できる限り力になるよ」

「ありがとうございます。もしもの時は頼らせて頂きます。ここまでありがとうございました。お仕事頑張ってください」

良い人だ。街の警護も担っているらしいから街中で会うこともあるだろう。その時に何かお礼ができるようにしっかりと生活基盤を整えないとな。手を上げて去って行くメルビンさんに頭を下げてからギルドに向かう。

目指すは安全に安定して楽に生活すること。間違っても目立つ真似をせず無難《ぶなん》に生きる。そこそこの収入で生活に困らない程度の贅沢《ぜいたく》をしながら日々を生きられたらこれに勝る生き方はない。ブラック会社で安月給の上、長時間労働を強《し》いられることを考えれば多少の不便さは障害にはならないはずだ。

街の中を見ていた限りではこの世界は中世より少し進んだ程度の発展だ。電気や科学製品などはなさそうだけど、露店《ろてん》などで売られていた食材や日用品はそれなりに充実していた。メルビンさんが優れた領主と太鼓判《たいこばん》を押すくらいには街も発展して景気も良いみたいだ。人々の顔も笑顔が多い。

まぁ、治安が悪い場所もあるらしいけど。西側の地区には行かないように念押しされた。好き好んで危険に踏み込む気は更々ない。無難に生きたいんだ、俺は。フラグは無視してイベントは発生させないように生きるのだ。

「さて、では一つ目の試練。無事にギルド証を発行してもらってポーションを売る。決して目立たない」

意を決して商業ギルドの扉を開け、中に入る。

商業ギルドに入ると室内は広いホールになっていて、両脇には商談用の椅子やテーブルが用意されていて何席かは使われていた。奥にはカウンターが並んでいて受付の女性が二〇人近くで対応しているようだ。外で感じたように随分《ずいぶん》と繁盛《はんじょう》しているみたいだな。

「いらっしゃいませ。本日はどのようなご用件でしょうか？」

ホールを少し進んで人の多さと内装の豪華さに圧倒されていると、近くにいた女性の職員に声をかけられた。

お上りさん丸出しだったかな。まぁその通りだろうけど。

「えっと、ギルド証を発行してもらうのとポーションを売りに来たんですけど」

「――では二二番窓口で対応致します。こちらへどうぞ」

笑顔で対応してくれた職員の後をついて歩いていると周りから視線が向けられているのに気がついた。訝《いぶか》しげな視線や値踏みするような視線、そしてポーションという単語も聞こえてきた。

……これはやらかしたのか？　ポーション職人は希少だと聞いていたし、もしかして作製者は秘密にされているとか？　職員の女性もカウンターじゃなく個室に案内しているし、もしかしなくてもやっちまったか？

「……もしかしてポーションを売りに来たって言ったらマズかったですか？」

部屋に入るなり職員さんに聞いてみたけど、少し困った顔をしてから首を横に振った。

「いえ、問題はありませんよ。ただ初めて見るお客様がポーションを売りに来たと発言したことで、目敏《めざと》い商人は新たな薬師の存在を嗅ぎつけて見極めようとしているのでしょう。帰り際に声をかけてくる者もいるかも知れませんが相手にしてはいけませんよ？」

「ポーションの販売はギルドを通さないといけないからですね？」

「はい。その辺りのことはさすがにご存じでしたね。商人の中には犯罪スレスレの真似をする者もおりますので、良い話にはお気をつけください。それではこちらに記入をお願いします」

笑顔で怖いことを言われてから対面式の机に案内され、椅子に座ると書類を渡された。

文字の読み書きができるのか不安だったけど、問題なくできるみたいだ。この身体の元の持ち主が知っていたのか、メリリがオマケしてくれたのか分からないけどありがたいことだ。

記載する内容は名前と年齢、扱う商品だけだった。ただ年齢が問題だな。

「あの、僕、年齢が分からないんですけど？」

「一四歳とお書きください。後日教会に行って成人の儀式を受けてみて、儀式ができれば一五歳、できなければできるまでは一四歳で構いません。成人の儀式が完了したら改めてギルドカードの更新をお願いします」

年齢が分からない人は他にもいるみたいだな。まぁ戸籍もないなら年齢が分からなくなっても不思議じゃないか。

ちなみに成人の儀式はその年に一五歳になる者が受けられるそうだ。成人の儀式を受けると教会に記録が残るらしいので、それからは年齢を調べることもできるそうだ。

書類を書き終わって渡すと水晶を二つ出された。一つは詰め所と同じ犯罪歴を調べる魔道具で、もう一つは血を一滴垂らすことでギルドカードを発行する魔道具らしい。

この世界は科学の発展の代わりに魔道具が発達しているみたいだ。電気の代わりに魔《ま》石《せき》が使われているらしく、この部屋の照明も魔石を使用した魔道具とのことだ。田舎《いなか》や農村ではまだ使われていないから俺みたいに初めて魔道具を見る者も少なくはないらしい。……………田舎者として見られているわけね。

「それではこちらをどうぞ。これが商業ギルドカードになります。当ギルドに在籍しているという身分証になりますし、あらかじめお金を入金しておくと支払いをこのカードで行うこともできます。……魔道具のない露店や個人間での支払いはできませんのでご注意ください」

おぉ、キャッシュカード付きか。個人登録がされているから他人では支払いや引き出しはできないとのことだ。魔道具って結構進んでいるな。物によっては現代日本の製品より優れているんじゃないか？

ギルドカードは名前とギルドランクが記載されているだけのシンプルな物だ。現在のランクはFランク。

「ランクが上がることで店を持つことが許されたり、購入できる商品が増えたりします。また高ランク者の方が優先して商品を仕入れることができます。ランクはFランクから始まりAランクまであります。Dランクで露店商が可能になりCランクから店を持つことが許可されます。………扱う商品によっては許可が出ない場合もあります。ポーションなど扱いが難しい物は特にその傾向が強いです。ランクを上げるにはヤマト様の場合はポーションを当ギルドに販売することでランクポイントが付与され、一定ポイントが貯まると昇格します。——高ランクの方が何かと優遇されますのでぜひ、高ランクを目指してくださいね」

優遇って言われても店を持つつもりは今のところないから低ランクで問題ないけどな。ポーションの販売はギルドだけだから売ってたら勝手にランクが上がっていくだろうし。目立ちたくないし低ランクのままで良いんだけどなぁ。

購入できる商品ってのが気になるけど恐らくギルドが卸元だから店売りの商品のことだろう。なら店を持つ気がない俺には必要ないからな。

それにしても高ランク者を優先するって大商会は商品を好きに購入できるってことだろ。大商会は独占商売か？　小中商会は太刀打ちできないんじゃないのか、それ？　まぁ俺には関係ないから別にいいけど。

「それではヤマト様、続きましてポーションの買取りについてご説明させていただきます。通常の買取りは一番から五番窓口、またはギルドランクCランク以上で専属スタッフがいる場合は二〇番台窓口になります。ただしポーションの買取りは特殊買取りに属しますので一番窓口、または専属スタッフにてお願いします。買取り金額はランクが上がるほど割高になりますので頑張ってランクを上げてくださいね」

頑張ってたくさん持って来いって言いたいんだろうけど、作れる数に制限がかかっているから俺の頑張りではどうしようもないぞ。ま、割安でも生活に困らない金額なら別にいいけど。

そういやここは二二番窓口って書いてあったな。この人は専属のスタッフってことか？　なんで俺の相手してるんだ？　Cランク以上って言ってなかったか？

「専属スタッフは顧客が来られないと暇なので有能な新人の対応もしています。ヤマト様がポーションの買取りと言っていなければ他の窓口に回していました」

「……随分ぶっちゃけましたね。ならここで買取りもお願いできますか？」

「申し訳ありません。私が買取りを担当するのはヤマト様がCランクになられてからになります。名乗るのが遅くなりましたが、私は当ギルドの専属スタッフの一人、ミリスと申します。以後お見知りおきを」

「これはご丁寧《ていねい》にありがとうございます。本日この街にやって来たヤマトです。低ランクで細々と暮らすのが目標なのでご期待に添《そ》えないと思いますがよろしくお願いします」

「ぷっ、ふふ、ちょ、ちょっと、笑わせないで。……コホン、ヤマト様とは長い付き合いになりそうです。近い内にまた会いましょう」

まぁギルドにポーションを売りに来るから会うこともあるだろうけど、なんて思っていたら部屋から出され、ホールに戻ってきた。

二二番窓口から出てホールに立つと、こちらをチラチラ見てくる脂ぎったオヤジの視線を感じた。視線を合わせないようにして吐き気を我慢しつつ一番窓口に向かう。丁度誰もいなかったのでラッキーっと思いながら一番窓口に座る受付のお姉さんに声をかけようとした時、背後から声が聞こえた。

「おい、邪魔だ。そこをどけ」

振り返ると俺の後ろ、それも扉付近の、ここからそれなりに距離がある場所から俺の方を見てそう言っている男がいた。

とりあえずほっとこうと思いお姉さんに声をかけるが、笑顔で「後ろにお並びください」と言われた。……ん？

「このガキ、なに無視して先取りしようとしてんだよ。俺はDランクだぞ。二度とこの街で働けないようにしてやろうか！」

「まぁまぁ、落ち着いてくださいセルガさん。この子はさっき登録したばかりでギルドのルールを分かっていないいんですよ」

「ああ？　誰だよ、担当したヤツは？　その辺のルールくらい教えとけよ。気分悪くなるだろ、商品持って帰るぞ？」

「まぁまぁ、そう言わず、担当した者には私の方からキツく言っておきますから。キミも声をかけられたのに無視するのは良くないよ？　セルガさんだから良かったけど、中には変な因縁《いんねん》をつけてくる人もいるんだからね？」

……………。…………。…………いや、お前ら両方おかしいよね？

この男には十分因縁つけられてるよ？　そもそも俺は窓口に既に着いていたよね？　それを一万歩譲って窓口に着く前だったなら譲ってもいいよ？　でも既にいたよね？　それを後ろに並べ？　……高ランクが優遇されるって？　…………ふざけんなよ？

「あぁ？　何だその目は？　文句でもあんのか？　そもそもなり立てのFランクのクズがなに調子に乗って一番窓口に来てんだ？　子供のお使いが粋《いき》がってんじゃゃねぇぞ？　あんま舐《な》めた態度取ってっとお前の親に責任取らせっぞ⁉」

「ッ！　ごはぁ、ッ、このヤ、っな⁉」

いきなり腹を蹴り込まれ床に尻餅《しりもち》をついてしまった。思いっ切り蹴られた割には痛みはほとんどなかったがやられっぱなしは我慢ができない、と立ち上がり男に向かおうとするが警備員らしき男に肩を押さえつけられた。蹴られた俺がだ。

「ギルド内での暴行は許可できない」

「は？　……俺に言ってんのか⁉」

押さえつけられて言われた言葉が信じられない。振りほどくことができないこの小さい身体が恨《うら》めしい。

「ハッ！　これに懲《こ》りたら立場をわきまえろよ、クズが」

「クスクス、セルガさん、あんまりイジメたら駄目ですよー。何も知らない子供なんですから」

押さえつけられた俺を見て愉快《ゆかい》そうに笑みを浮かべるグソ野郎とそれに便乗して笑みを浮かべる受付の女に怒りが込み上げてくる。これがランクの違いだって言うのか？　低ランク者は高ランク者に逆らうことすら許されないと？　ギルドがそれを容認しているだと？　ふざけるな！

（――すまん。だが、耐えてくれ。ここで暴れてはキミを捕まえなくてはならなくなる）

「ッ！」

俺を押さえ込みながら小声で申し訳なさそうに警備員が囁《ささや》いていた。この男はそれだけの権力を持っているって？　たかがDランクで？　六段階評価の四番目だぞ？　……低ランクが高ランクに逆らうだけで逮捕だって？　腐りきってる、これがまかり通るのか、ここは！

結局、クソ野郎ことセルガが取引を終えてギルドを出るまで俺は警備員に押さえられていた。取引の間、セルガは俺の方を見ながらわざと値段にケチをつけたり頭の沸いた受付係ことリンダと無駄話《むだばなし》をしたりして時間をかけていた。怒りが増すばかりだったが一つだけ面白いことが分かった。セルガが持って来た商品だ。

リンダは客のプライバシーを守るためなのか商品名を言わなかったがセルガは自慢気

に俺に対して言い放った。

「Fランクポーション八本とEランクポーション三本、そして今回は、Dランク！　ポーションを一本だ！　くっくっく、はっはっは」

高らかに宣言されたそれに唖然《あぜん》としてしまった。俺の顔を見て満足したようだったが、笑いたいのは俺の方だ。周りにいて傍観《ぼうかん》していた商人達はDランクポーションと聞いてどよめいていた。

メルビンさんからDランクポーションでも希少だとは聞いていた。だけど、この反応は予想外だ。

……は、ははは。――いいぜ、やってやるよ。てめぇらの土俵《どひょう》で相手してやる。細々と慎《つつ》ましく暮らす予定だった俺を本気にさせたことを後悔させてやる。理不尽《りふじん》に抗う術をくれたメリリに感謝するよ。異世界に来てまで社畜《しゃちく》のように誰かのご機嫌伺いをしながら仕事をするつもりは毛頭ない。俺は俺の自由のために抗ってやる。――目に物見せてやる。

「すまなかったな。しかし、セルガ殿に手を出したらお前さんもただではすまんかったぞ？」

セルガがギルドを出て行き、リンダは「私は世間知らずのお子様の相手をするつもりはないでーす、休憩～」とか言って窓口を閉めてどこかに行った。ポーションの買取りは一番窓口でしろと言っていたけど、どういうつもりだ？　マジで頭沸いてるのか？　なんて思っていたら警備員のおっさんが少し事情を話してくれた。

セルガはこの街の男爵家の次男で、男爵付きの薬師に弟子入りした薬師界の期待のホープなんだとさ。この街ではかなりの腕前でそろそろ弟子を卒業して貴族家の専属になるとか噂されているみたいだ。

そしてリンダはセルガの恋人で最近はセルガの活躍もありセルガの専属を名乗っているらしい。セルガはまだDランクであり、専属スタッフがつくことはないのに、あの二人は既に自分達が専属関係だと思っているそうだ。

ギルドとしても貴族家であり薬師の期待の星を蔑《ないがし》ろにするわけにはいかず、周りに被害が及ばないように調整しながら静観しているみたいだ。………俺に被害が出たけどなッ！

「……ごめんなさい。――まさかアレが窓口にいたとは思いませんでした。申し訳ありません。今回の買取り査定は私が担当致します」

俺が商業ギルドに対しても怒りを募《つの》らせていると、先ほどギルド証の手続きをしてくれた専属スタッフのミリスさんがやって来て一番窓口に座った。

……あの女が受付を続けていたならCランクポーションを叩きつけるくらいしたかも知れないが、あの二人がいなくなり多少は冷静になった。ミリスさんが受付をするなら文句を言うわけにもいかないからな。

そして冷静になった頭で考える。さっきまではDランクポーションを生み出せるだけ生み出して買い取らせようと思っていたが、今の状態でそれは危険を伴う恐れがある。自分が馬鹿にした子供が自分より優れていることを知ったセルガが何を考え何を引き起こすか分からないからな。

まずは自衛手段を確保してギルドでの功績《こうせき》を徐々に積む。理想は商業ギルドや男爵以上の貴族が俺の後ろ盾にならざるを得ない状態に持っていき、満を持して高ランクポーションを叩きつけ、セルガやリンダと同じ街にいたくないからと別の街に行く。必死に引き留めるギルドと貴族があの二人にどんな処遇を与えるのか高笑いしながら見てみたい。

……ま、それやったら俺の身柄が貴族やそれ以上に拘束されかねないからしないけどね。…………やるなら貴族でも手が出せない態勢にしてからだ。ふふ、ふふふふふ。

「…………買取りしますか？」

おっと、思わず自分の世界に入ってしまった。しかし、今後を考えるとDランクポーションは出さない方が良さそうだな。服の下でFランクポーションとEランクポーションを作製するか。

「します。えっと、これをお願いします」

服の下から取り出すはポーション瓶三〇本。両手で持てるだけ出そうって思ったらFランクポーション一八本とEランクポーション一二本が出てきたようだ。それをそのままカウンターに置くとミリスさんと警備員のおっさんが唖然として見ていた。

……そうだよね。どうやったら服の下からそんな数のポーションが出て来るって言うんだよ⁉　やべぇ、やっちまった！　今すぐ逃げ出したい。でもここは何食わぬ顔で対応するしかないい。

「——確認します。…………品質いいですね。これなら、先ほどの失態のお詫びも込めてこの金額で買取り致します」

ミリスさんはポーションの数には何も言及せず粛々《しゆくしゆく》と確認作業をしてくれた。うん、プロだね。さっきの女とは大違いだ。査定が終わったミリスさんがカウンターに革袋をそっと置いた。ズシッとした感じからそれなりの硬貨が入っていそうだ。

商品の確認や金額を口頭で行わないのは周りに人の目があるからみたいだ。目立ちたくないから丁度いいな。

「他の商品も査定致しますがいかがでしょうか？」

「え？　他？」

革袋を開けて銀色の硬貨を見て異世界の銀貨キターって思っていると笑顔のミリスさんが問いかけてきた。

確かに最初出す予定だったFランク、Eランク、Dランクポーションが三本ずつ懐《ふところ》にまだあるけど、今からこれを出すのも気が引ける。Dランクポーションはしばらくはお蔵入り決定したしな。

「いえ、今の手持ちはこれだけでして。ところでこの街の宿はこれ一枚で何泊くらいできますか？」

とりあえず話を逸《そ》らそう。相場も知りたいし一石二鳥《いっせきにちょう》だね。ミリスさんなら俺がこの街の外から来たって知っているし変には思わないだろう。

「そうですね、平均的な宿で二泊。高級宿でしたら銀貨二枚といったところです」

革袋には銀貨が三〇枚入っているみたいだから六〇日は宿の心配はいらないみたいだ。いや、食事や生活用品とか必要な物があるだろうからそれ以下だろうけど。でも一日の売り上げが最低でも銀貨三〇枚以上は決定だな。……ポーションが一日毎のリセット方式ならだけど。

「あと、お渡ししたお金をギルドカードに入金することもできますが、いかがでしょうか？　ギルドカードが使えないお店もありますので数枚は持っていた方がよろしいかと思います」

せっかくなのでお願いした。今後は売却金を入金したい時は商品を出す時に言うか常時入金を希望するように言われた。普通は全額入金して必要に応じてお金を引き出すらしい。とりあえず銀貨一〇枚をポケットに入れて残りは入金、今後は常時入金されるように手続きをしてもらった。

一番窓口は人が少ないけど他の窓口は人がひっきりなしにやってきている。硬貨を受け取っている人は全然いないみたいだし、これがこの世界の常識なんだろう。一々お金を用意するのも面倒だろうしね。

「……ヤマト様、あちらの九番窓口が薬草など薬師向けの商品を扱っている窓口になります。通常はEランクから購入可能ですが、先ほどのお詫びと申し上げては不躾《ぶしつけ》ですが私の方で手続きをしておきますのでぜひご活用ください」

薬草か。そういやポーションの作り方ってどうやるんだろう？　…………さすがに聞くわけにはいかないよな。でも薬草を仕入れとかないとどうやって作ってるんだって話になるよな？　……機材が必要とか言わないよね？　メルビンさん辺りに話を聞かれたら俺が手ぶらでこの街に来たってバレるからな。

うーん、とりあえず薬草を適当に仕入れよう。無駄にはなるけど必要経費と思って割り切ろう。

ミリスさんに案内してもらって九番窓口にやってきた。ミリスさんは窓口の受付係にEランクとして購入させて欲しいとお願いしてから退席した。俺に長々と構っていられるほど暇じゃないだろうからね。…………専属スタッフって言うくらいだから専属者がいないと暇か？

「いらっしゃいませ。本日はどの商品をお求めでしょうか？」

おっと、馬鹿なこと考えている場合じゃなかったな。さて、カウンターにはメニュー表やカタログなどは一切ない。どの商品と言われてもなんの商品があるのかも扱っているのかも不明だ。うん、初心者に優しくない経営だね！

「えっと、薬草を欲しいんですけど」

「はい、どの薬草をお求めですか？」

「……とりあえずEランクポーションに必要な薬草をお願いします」

「は？　……コホン。私共は薬師の知識はありません。必要とされる薬草名を仰って頂ければご用意できるか調べます」

何かすげぇ胡散臭《うさんくさ》そうな顔されたんですけど。すぐに笑顔に変わったけど作った笑顔感が半端ない。相手にするのが嫌だと言わんばかりだ。ちくしょう、こうなったら必殺、メニューの上から下まで全部頂戴、作戦だ！

「えっと、薬草の名前を教わっていないので現物を見ないと判断できないんですよ。とりあえず全種類をこのカードの残高分で売ってくれませんか？」

「お断りいたします」

「え？」

即答？　お金が足りないってわけじゃないんだよね？　なんか受付のお姉さんの目つきが酷《ひど》くなってきてますよ。呆《あき》れを通り越して汚物でも見るみたいな。俺って今は幼気《いたいけ》な少年だよね？

「貴重な薬草を知識も定かではない者に売るわけにはいきません。貴方が無駄にする薬草で何人の人達が助かると思っているのですか？　そもそも貴方は本来Fランクでしょう？　ミリスさんがどういうつもりで購入を許可したのか知りませんけど、貴方本当に薬師の弟子ですか？　普通は薬草の知識を覚えてから正式に弟子入りになるはずですよ？　薬草の知識もないのであれば正にFランク、購入する資格はありません。そもそもEランク相当だとしても薬草全てを購入なんて資格はありません。……その程度で良くセルガ様に反抗しようと思いましたね？　威勢《いせい》だけの貴方に薬草を売ってくれる商人がこの街にいたらいいですね」

なんだか凄い言われようだ。実際正論だし怒るつもりはないけどさ。薬草の知識は全くないし、薬草も無駄に捨てることになったかも知れない。弟子入りもしてないしする必要もないからな。ただ仕入れをしないとどうやってポーションを作っているんだって話になりそうなだけだしな。

それにしてもここでもランクによる格差か。確かに知識のない低ランク者に貴重な薬草を売るのはもったいないんだろうけど、それじゃ技術の向上には繋がらなくないか？

ま、俺には関係ないけどさ。

ただ良い情報も聞けたな。街にも薬草を扱っている商人はいるみたいだな。なら「実は街の商人さんに都合をつけてもらったんですよー、誰だかはどこぞの貴族から報復があったら困るから教えませんー」って言い訳が通じるな。よし、ならここですることは終わりだ。

「分かりました。それでは街で探してみます。ありがとうございました」

「え？　ちょ、ちょっと……」

何か言ってるけど無視しよう。売らないって言ったくせに引き留めようとするなよ。

……………あぁ、商談のテクニックの一つだったのか？　売らないって言って俺からそれでも売って欲しいと言わせて吹っかけた値段をつけるとか。うん、ギルドはあまり信用しないようにしよう。ポーションを売るのはギルドだけみたいだから仕方がないけど必要以上に関わらないようにしよっと。

※

「あの客、何も買わずに帰ったし。……良かったのかな、ミリスさんが販売許可するって言ったけどセルガ様に逆らっていたしなぁ。薬草の知識もないんだから私のせいじゃないよね？」

ヤマトがギルドの扉を出て行くのを見ながら受付係のシリカは悩んでいた。本来であれば商品が全部欲しいというのはNGだ。商業ギルドのお客には街の商人なども含まれているため、例えば他国からの商人がこのギルドの商品を全て買いつけ持ち帰った場合は街の経済が崩壊してしまう恐れがある。

しかし薬師が薬草を全種類欲しいというのは問題なかった。高ランク者であれば薬草全てを購入することも可能であるのだ。

シリカが断った理由は薬草の種類も知らない子供が薬師なわけがないという私的な思考によるものだった。そして貴族の子弟でありこの街の有力な薬師であるセルガに反抗した子供に薬草をそのような形で提供したと噂が立つと、シリカにも被害が及ぶと考えたのだ。

「シリカ、あの子は何を買っていったかしら？」

「え、ミリスさん……」

「どうしたの？　何か凄い物を要求された？　もしかしてCランク相当とかだった？　難しいかも知れないけど、それでも……」

「それが、実は…………」

「――あなた、研修からやり直しなさい!!　それが商業ギルドの職員の対応ですか‼」

　ミリスに問い詰められ全てをありのままに話したシリカにミリスは激怒していた。話を聞いただけで自身の保身のために行ったであろうやり取りが簡単に理解できたのだ。普通の客ならまだ軽い指導で済ませられた。セルガに目をつけられる恐れも理解できた。しかし、今回は相手が悪かった。

「何を声を荒らげている。ミリス、シリカこちらへ来い。少し頭を冷やせ」

　カウンターの奥にある職員用の扉から若く、しかし威厳《いげん》が籠《こ》もった女性の声が二人に届く。二人は慌ててその声の主に視線を向け、周囲の視線から自分達の失態に気がついた。

　ミリスが普段は見せない厳しい表情でシリカを叱責《しっせき》していたため、他の職員や周りの客までの視線を集めていた。事態が深刻だと感じた近くの職員が副ギルド長である女性を呼び事態の収拾に乗り出していたのだ。

「副ギルド長、申し訳ありませんでした」

「申し訳ありませんでした‼」

　副ギルド長の執務室に入ったミリスとシリカは深々と頭を下げて謝罪をする。理由がどうであれギルド内で声を上げて叱責するのは許されることではない。ミリスはそのことを正しく理解していかなる罰も甘んじて受ける心積もりだった。

そしてシリカはいつも冷静で優秀な専属スタッフであるミリスが冷静さを失うほどの失態を自分が犯してしまった事実にただ震えていた。

ミリスは専属スタッフとして何度も副ギルド長であるレベッカと会話や打ち合わせをしたことがあるのでこの執務室にも通いなれている。

しかしシリカはただの窓口受付係であり、ギルドを不在がちなギルド長に代わってギルドの運営を行っている副ギルド長は雲の上の存在に近かった。声をかけられた経験もなければ執務室に入った経験もない。

そんなシリカが失態を犯し、シリカの目標であり専属スタッフであるミリスが粛々と罰に甘んじる事態に陥っていることは、ただの受付係であるシリカに途方もない絶望感を与えていた。現在のシリカの心境は断頭台を目の前にした囚人《しゅうじん》そのものだった。

「ミリスがあのような失態を犯すとは余程《よほど》のことだろう。何があった?」

ミリスの様子を見て十分に冷静になったと判断したレベッカは早速本題に入る。小言を言ったり罰を与えたりするつもりは初めからない。ミリスはそのようなことを今さら言わずとも自身で理解していると分かっているからだ。シリカに関しても指導や罰を与えるのは上司であるミリスの役目でありレベッカから何か指示を出すつもりは毛頭なかった。

「実は、これを」

「これはEランクポーション――、な！　最高品質⁉　これをどこで⁉」

ミリスが腰バッグから取り出したのは一本のポーション瓶。ミリスがただのポーションを渡してくるはずがないと考えたレベッカはそれを受け取り机の引き出しに入れていた品質鑑定の魔道具を使って確認した。

結果は最高品質。最も高い品質であり、これまでに見つかった最高品質は数百年以上前の遺跡などで発掘された物だけだった。最高品質は劣化しない。これは古い遺跡から発掘されたポーションからも間違いないと断言されている。

現在活動しているポーション職人で最高品質を作れる者は存在しない。記録に残っているポーション職人で最高品質を作れた者は一人だけであり、賢者と称えられ薬師の神様とまで言われる存在だけだった。作れる者は確かに存在する。しかしその製法は謎に包まれている。全ての薬師が日夜、最高品質を求め研鑽《けんさん》を続けているのだ。

ミリスはヤマトからポーションを買取ったあとにあまりの品質の良さを疑問に思い品質鑑定を試みていた。すると買取った三〇本すべてのポーションが最高品質だったのだ。これは一大事だと思い窓口に戻ると既にヤマトはその場におらず、事実を広めるわけにはいかないので冷静にシリカから報告を受けようとしたのだが、そのあまりの対応に激怒してしまったのだ。

レベッカは受け取ったポーションをマジマジと観察する。彼女は職業柄これまでにも最高品質のポーションを目にした経験はあった。しかしそれはどれも遺跡から発掘されたポーションであり、今手元にあるシンプルなポーション瓶とは意匠《いしょう》も異なる。過去に出土したポーション瓶は全て技巧《ぎこう》を駆使した瓶単体でも価値があるほどの一品だった。

彼女は今回のこれが未発見の遺跡から発掘されたポーションを偽造のためにこのポーション瓶に移した可能性を考慮するが、最高品質のポーションをわざわざ隠してまで安売りする必要はない。どの国の王侯貴族でも高く買取ってくれるという結論に至った。

いくつかの可能性を考慮しながら再度ポーションを観察し、その様子を黙って見ていたミリスに説明をさせようと改めてミリスを見る。

「先ほどギルド登録をしに来た少年が持って来たので私の方で買取った物です」

「よくやった！　その少年はDランク相当、いや、Cランク相当の扱いでもてなせ！　絶対に逃がすなよ。別のギルドに取られたりしたらギルド長がキレるぞ！」

レベッカはギルド登録がまだだった少年が持って来たと聞いて考えていたいくつかの考察から上客だと判断した。

その少年が盗品を持ち込んでいるなら犯罪者として門で止められている。盗品とは気づかずに持ち込む商人は多いがわざわざ子供に高価なポーションを持たせて売りに行かせる犯罪者も少ない。

故にレベッカはヤマトのことを、師匠であるポーション職人からポーションを売って来るように頼まれた弟子だと推測した。最高品質のポーションを作れるポーション職人の弟子だ。これはその辺の高ランク者などより余程価値がある存在だ。ポーションを任せるほどの弟子であればその知識は師匠が認めた者であり、子供とはいえポーション職人と同等に扱っても問題がない。最高品質のポーションを作れるということは高ランクポーションを作れるということと同義であった。

ポーション職人の中には国や貴族に仕えるのが嫌で人里離れた地域で研究をしている変わり者もいる。その中には確かな技術を持つ者もおり、大貴族が三顧《さんこ》の礼《れい》を以《もっ》て専属職人にしたという逸話もある。

しかし中にはその要求が嫌で他国へ逃げる者も存在する。高度な技術を持つ職人を他国に逃がしたりなどすればそれがどれほどの損失となるか。高ランクポーション職人の扱いは非常にデリケートな案件となっていた。

そしてレベッカの上司であるギルド長はポーション職人でもあり、日々最高品質のポーション、高ランクポーションを目指し活動している。ギルドに不在がちなのも新鮮な薬草の方が最高品質に近づけるとの考えから森に籠もりがちなせいだ。そんな職務怠《しょくむたい》慢《まん》なギルド長がギルド長を続けられる理由はその技術の高さにあった。この国で三本の指に入ると目されるほどの腕前で、この街ではなくこの国に召《め》し抱《かか》えられている存在であった。

そんなギルド長が自分の管理するギルドに最高品質のカギを握る少年がやって来たと知ったならば絶対に手放さない。たとえ領主を敵に回してもその身柄を確保するだろう。自身が持つ全てを差し出し、それでも足りなければ国から奪い取ってでも手に入れる。そんな姿が目に浮かぶようだとレベッカは思った。

「……それが、問題が発生しております。先ほどの件に繋がるのですが」

ミリスは先ほどの件に至るまでの経緯《けいい》をヤマトがギルドに入って来た時から詳しく説明した。ミリスが立ち会っていなかったセルガとリンダの部分は他の受付係や警備員まで呼び出され、かなり詳しい話がレベッカに伝わることになった。ミリスも自身が知らなかったセルガとヤマトのやり取りを聞き頭を押さえて呻いていた。

話を聞いている最中にレベッカは何度怒鳴りかけたか分からない。そのあまりの迫力に警備員でさえ声を震わせながら報告をしていた。

「…………。つまり、なんだ。——このギルドには馬鹿しかいないのか？」

「「ひぃ」」

現在、副ギルド長の執務室にいるのはレベッカ、ミリス、シリカ、ヤマトを押さえた警備員、二番窓口の受付係の五人だ。一番窓口を担当していたリンダはセルガの買取りが終わったことで仕事が終了したと既に帰宅していた。事情を聴くために呼び出そうとしてそのことを聞いたレベッカの怒りも凄まじかったが、すべてを聞き当事者が集まった現在はさらに酷いことになっていた。

二番窓口の受付係は一番窓口の隣なので全てを見ていたということで集められただけのとばっちりだった。

「ミリス。貴族の横暴《おうぼう》を許せと私はお前達に言ったか？」

「いいえ。我々の勝手な判断でした」

レベッカはギルド全体の運営には携わっているが一業務である窓口にまで出向いて業務をすることはない。窓口の運営は専属スタッフの何人かが管理しており、ミリスもその一人であった。

「では、受付の教育はどうなっている？　本日だけで二名の失態を聞いたが？　その内一人は身内とは思いたくもないがな」

二番窓口の受付係とシリカは俯《うつむ》いて震えていた。二人ともレベッカの怒りの矛先がリンダだとは分かっているが、事態は既にそういう次元を越えてしまっていると、この現状が嫌でも分からせていた。

レベッカはミリスとシリカにヤマトが持ち込んだ最高品質ポーションのことを口外することを禁じた。その上でヤマトがどのような扱いを受けたのか受付係や警備員の各員を呼び詳しく聞いた。レベッカの怒気《どき》を感じヤマトがただの少年ではなかったことを全ての職員が理解することになった。

ミリスとヤマトを押さえつけた警備員はヤマトが懐からポンと出した大量のポーションを見ており、買取りの段階で只者《ただもの》ではないとは感じていた。しかしその他の職員は事情聴取にしてもセルガに反抗した少年についての事情を聞かれると思っていたら、レベッカは貴族のクズのことなどどうでも良い、と明らかに少年に配慮していた。その時点でほとんどの者が自分達の失態を知った。しかし、その少年のことをまるで知らなかった時点では貴族を相手に立ち向かうなど無理な話であったのだが。

「教育はマニュアル通りに。ただ、最近はマニュアル通りに対応できない職員が多くなっていたことは理解していました。専属スタッフの中で話し合いをしており、近い内に再教育をする段取りでした」

「遅すぎたな。商人は拙速《せっそく》を尊《たっと》ぶ。今回の一件は明らかに受付に立たせてはダメなモノを立たせたことで起きた事態だろ？　他の受付係への指導も必要かもしれないが、まず何をおいてもその汚物を排除することを優先させるべきではなかったのか？」

「返す言葉もありません。貴族の後ろ盾を得てしまった彼女への対応が遅くなりすぎました。我々で判断せず、副ギルド長にご報告するべきでした」

「ああ。そんな汚物が紛れ込んでいたと知っていればすぐにでも掃除したものを……」

レベッカの言葉に嘘はない。彼女は間違いなく後腐れないように処理していたはずだ。

しかしそれを知っていたからこそミリスを含む専属スタッフ達は全員をまとめて再教育することで規律を正そうとしていた。ミリスや専属スタッフ達からすれば全ての受付係達が自分達の弟子であり後輩であった。簡単に投げ捨てることはできなかったのだ。

「事態の確認はできた。ミリスの見立てではその少年はまたギルドに来ると思っているわけだな？」

「はい。ポーションを売るにはギルドを通す必要があると理解されておりました。またどうやら他国から来たようで、この国のことを詳しくは把握しておられないようでした。この街を出るにしてもあと数回は来られると思います」

ミリスの意見を聞き、師匠と弟子が最低でも二人以上で旅をするなら銀貨三〇枚は少ないとレベッカも頷く。それと同時に最高品質のポーションを銀貨三〇枚で買取ったことを深く申し訳なく思っていた。

遺跡から発掘されたポーションの中身だけだったとしてもオークションに出品すれば一本で金貨三枚は下らないだろう。研究に使いたい薬師は数知れず、劣化しないポーションを傍に置いておきたい王侯貴族も数多い。

それ故にレベッカには不安があった。少年が師匠のもとに銀貨三〇枚を持って帰った時の師匠の反応だ。人類の最高傑作とも言える神秘の秘薬が僅か銀貨三〇枚。普通の者なら二度とこのギルドに足を踏み入れないし、ギルド長なら発狂してこの街を荒野にするまで暴れそうだと思っていた。

「ギルドに来たならCランク相当でもてなせ。代金の不足金を金貨一〇枚で補填《ほてん》しろ。再度ポーションを出してきたらもう間違いない。私が直接相手をする。ミリスはこれから街に出向いて本人を捜せ。査定に誤りがあったと伝えてギルドに呼べ。他の者は通常通り営業しろ。ただし先ほどの通達を職員全員で共有しろ。聞いていませんでした、なんて言わせるなよ？」

「「は、はい！」」

レベッカとミリスを残して他の者は執務室を退出する。あとに残ったミリスにレベッカは金貨三〇枚を持たせる。

「もし先ほどのポーションで全てだったのなら補填額は金貨一〇枚だ。しかし今後も提供が可能だとお前が判断したなら補填額は金貨三〇枚だ。ただし今後の買取り金額は私との話し合いで決定する。奇跡のポーションがいくらでも生産可能ならさすがに値崩れするからな。ただ高ランクポーションならいくらでも値上げに応じるつもりだ」

ヤマトが持ち込んだポーションは二種類。FランクポーションとEランクポーション。これは低ランクポーションに属するものだった。最も市場に出回っているもので、買取り価格はFランクで大銅貨一枚、Eランクで銀貨二枚。これが劣化しない希少な最高品質のポーションということで値段が爆発的に上がっているが、数が多くなれば所詮《しょせん》は低ランクポーション。通常よりかなり高い金額にはなるが毎回この金額で取引がされることはありえない。

今後も提供されるようであれば迷惑料も込めて金貨三〇枚。今回限りの拾い物であれば勉強料を加味した金貨一〇枚。これがレベッカの出した査定結果だった。

「了解しました。見つけ次第謝罪と補填を済ませ、ギルドへ案内します」

「任せたぞ。ただし無理《むりじ》強いはするな。この街から出て行かれたら目も当てられん」

「はい。では行って参ります」

※

ギルドを出たもののこれからどうするかな。とりあえず当面の資金はできた。明日また来るかは銀貨の残り枚数で判断しよう。最低でも一〇日は生活できるだろう。なら無理して働く必要ないしな。……ちゃんとポーション作って販売したんだから働いているんですよ？　って誰に言い訳してんだろうな。

さて、それじゃ今後の目標を用意するか。まずはセルガをぶん殴る。じゃなくて、ぶん殴れるように自衛の強化だな。護衛を雇うか？　ポーション作りまくれば雇えそうな気もするけどな。この場合は冒険者か？　傭兵《ようへい》？　退役軍人？　うーん。どれもありそうで、どれも怖いな。

今の俺の外見はただの子供だし、何も知らず、後ろ盾もない金を持っている子供が護衛を雇ったらそのまま護衛に襲われそうだ。うん、ここは伝手《つて》を頼ってみるか。

「あれ？　ヤマト君どうしたんだい？」

やって来ました、入り口の門へ。だって俺の伝手ってメルビンさんしかないし、メルビンさんは良い人みたいだからね。

門の所でソワソワしながら兵士さんの顔をチラチラ見てると最初に会ったゲイルさんが来てくれてメルビンさんを呼んでくれた。

「お仕事中に申し訳ありません。実は相談したいことがあってお言葉に甘えて来ました。お仕事は何時頃に終わりますか？」

「仕事は構わないよ。町民の手助けをするのが兵士の役割だからね。ここではなんだから応接室に行こうか」

メルビンさんに案内されて取調室とは違う別の部屋に来た。ソファーとテーブルが備えてあって奥には調理場らしいものもあるみたいだ。

ソファーを勧められて俺が座るとテーブルに水を二つ置いて反対側のソファーにメルビンさんも座った。

「それで相談事って何かな？　もしかして商業ギルドで何かあったかい？」

「えっと、はい、実は――」

商業ギルドで男に絡まれランクのせいで満足に薬草も買えないことを伝えた。もちろんセルガの名前は出さない。アレは俺がどうにかしたいし、一兵士のメルビンさんには貴族の相手は荷が重すぎるからな。

「そんなことが……申し訳ない。私の方から商業ギルドには抗議しとくよ。そんな事態になっているとは思わなかったよ」

「いえ、抗議はしなくても大丈夫です。ちゃんとポーションも買い取ってもらいましたし、あまり大袈裟《おおげさ》に騒いで今後の買取りでいやーな顔とかされたらこの街で生活できなくなりますし」

それに兵士のメルビンさんがちょっと抗議しても商業ギルドが改善してくれるとは思えないしな。あのホールでのやり取りを見るにギルド自体が容認しているのは目に見えているからな。下手に騒いで買取り金額を下げられても嫌だし、それこそ買取り拒否とかされたら今の俺じゃ金も稼《かせ》げないから西区のお仲間になっちゃうよ？

「そんな不誠実な職員がいるならそれこそ粛清《しゅくせい》するべきだよ！　ヤマト君は優しすぎる。そんな態度ならポーションを売らないってくらい言っていいんだよ？」

いやいや、それ俺が死ぬパターンだから！　俺副業でポーション作ってるわけじゃないからね？　これ一応本業だから。それに向こうのルールでやりあって見返してやりたいって思っているからね。幸いポーションはなんの苦労もいらないものだし俺の方が勝算は高い。

「いえ、やっぱり自分の力でどうにかしたいですからね。メルビンさんの気持ちは嬉しいですけど、僕もこの街で生きる以上は覚悟を持って向き合いたいんです」

「──男の子だね。よし、なら困ったことがあればなんでも言ってくれ！　全力で力になるよ！　ってさっきも言ったことだったね」

「お気持ちは嬉しいです。それに一つメルビンさんに協力して欲しいことがあります」

「なんだい？　なんでも言ってくれ」

「実は先ほど言った通り、変な男に絡まれる心配があります。これからランクを上げて行くにつれて妨害とか実力行使とかされたら困るので自衛のための護衛が欲しいんです。何かいい伝手とかありませんか？」

メルビンさんなら怪我をして前線を退いた兵士とかにも伝手があるんじゃないかと期待してます。メルビンさんの見立てなら信頼できそうだしね。

「護衛か。本当なら兵士を貸し出したいところだけど、一個人に貸し出すには話が大きくなりすぎるよね」

「メルビンさん！　そんな大事にはしたくないですからね！　ほんの一人二人の護衛が

欲しいだけです！　退役した兵士とか伝手はありませんか？」

この人は何を言い始めているんだ？　俺のメルビン株が少し下落したぞ？

「退役って、護衛は老人には向かないよ？　それに家庭持ちも前線から退いてまで他人のために命を懸けるか怪《あや》しいからね」

………そうか。ポーションがある世界だから負傷しての退役ってあんまりないのか。ポーションでも治らない怪我をしたなら別だろうけど、そんな人が護衛できるわけないか。

「傭兵とか冒険者っているんですか？」

「いるけどおススメできない。お金で裏切る可能性があるからね。大金を渡すとドンドン調子に乗って払えないならここまでだ、とかあり得る話だからね。余程《よほど》信頼ができる傭兵団か冒険者チームならいいだろうけど、そういった者達は短期間ならまだしも長期間の護衛にはついてくれないからね。商隊の護衛に二〇日間とかなら問題ないんだけど、個人の御守りは嫌っていう人達が大半だね」

そ、そんな。なら護衛は諦めるしかないのか？　…………でも確かに背中どころが上下左右全部守ってもらう必要があるわけだから怪しい人、信頼できない人に守ってもらうのは不安だよな。あー、どうしよう。いきなり手詰まりかー。

「そうだ。ヤマト君、今いくら出せる？」

「…………ギルドでポーションを売ったので銀貨三〇枚ありますけど」

「え？　銀貨三〇枚？　…………いや、でも、……うーん」

あれ？　なんか悩み始めた？　銀貨三〇枚以上持ってるって思ってたのか？　もしかしてDランクポーションを売らなかったからか？　でもセルガが作れるレベルだから極端に高いとは思えないけどな。

「…………ヤマト君。護衛にピッタリな職種があるんだ。ただお金がかかる」

「ポーションを売って賄《まかな》える給金《きゅうきん》なら問題ありませんけど」

「そうか。うん。まずは見てから考えようか。行こう」

サッと席を立ち入り口に向かうメルビンさんに続いて立ち上がる。

「え？　あ、はい。えっとその職業ってなんですか？」

「――奴隷だよ」

第二章 竜人の姉妹

メルビンさんに連れてこられたのは西区にある四階建ての建物だった。周りの建物に比べて二倍近く大きな建物だ。

ここが奴隷商なのか。ここに来るまでにメルビンさんに簡単に奴隷について教わった。

まず奴隷に虐待《ぎゃくたい》や残酷《ざんこく》な仕打ちなどは許されない。これを破ると最悪犯罪者になることもあるそうだ。

ただし奴隷は過酷な労働条件での働きを強要されるそうだ。

衣食住は平民下層程度には用意する必要があり、怪我《けが》をした場合は治療《ちりょう》をする必要があるとのこと。

その代わり奴隷には自由はない。働く、食べる、寝る。それだけだ。

奴隷を雇うには二種類の方法があり、一つは奴隷商から派遣されるレンタル型。所有権は奴隷商にあるので非道《ひどう》な行いをしたり怪我などをさせたりした場合は罰則《ばっそく》がある。

もう一つは奴隷商から買いつける購入型。所有権を購入者が持ち、奴隷の衣食住を管理する必要がある。死なせた場合は原因を調べられ所有者に罪がある場合は処罰されることもあるそうだ。

奴隷は魔道具によって拘束《こうそく》されているため主人に危害を加えることはできない。奴隷には給金《きゆうきん》を支払う必要がある。奴隷は働いて得た給金で自身を買い戻す権利がある。

簡単にだけどそんな感じらしい。俺の護衛《ごえい》に勧めた理由としては奴隷は待遇を良くするだけで主人によく尽くすことになるからだそうだ。主人はいつでも奴隷を売り払うことができるから自分によくしてくれる主人にはできるだけよく仕《つか》え捨てられないようにするらしい。

「ヤマト君なら奴隷に酷《ひど》い扱いはしないだろ？　それどころか自分と同じ生活くらいさせそうだよね。ははは」

メルビンさんは笑っていたけど、自分だけ良い生活して同居している奴隷には劣《おと》る生活を強《し》いるって難しいだろ。護衛として日夜警護してもらう身としては最大限のおもてなしが必要なのでは？

――なんて、思っておりました。

「げっへっへ、坊主《ぼうず》！　俺を雇《やと》えばラクにしてやるぜぇ、げへへへ！」

「ガキ！　俺を出せや！　コロスゾ！」

「小僧！　俺を解放したら素晴《すば》らしい儲《もう》け話《ばなし》を教えてやるぞ、ガハハハ！」

…………。

今は鉄格子《てつごうし》越しだから安全みたいだけど、こんな人達と一緒に生活するとか不可能だろう。

「…………いつ来ても酷い場所だ。ヤマト君、気をしっかりと持つんだ。ヤマト君向けの比較的まともでありそうな期待が持てるかも知れないナニかを探そう！」

「無理でしょ⁉　てか男、おっさんしかいないんですか！」

「若い男は戦力にもなるから傭兵《ようへい》とか軍隊とかが持って行くんだよね。女性は女性ならではの仕事があるからここことは別の商会だね。ここは戦闘向きを扱う奴隷商だから。この建物は余り物が残っている倉庫みたいなもんだよ」

夢も希望もないご説明ありがとうございます。…………マジでこんなところで探すのかよ。

「メルビン様、ヒドい言われようですな」

「やっと来たのかい？　連れの子が怯《おび》えてしまったよ？」

「おや？　君はさっき門の所にいた子だね」

「え？　あ、オジサン。え？　ここオリビン商会なの？」

街に入る前に初めてこの世界で会話したオジサンが立っていた。仕事が見つからないならオリビン商会を頼って来なさいって言われたけど、まさか幼気《いたいけ》な少年をこんな施設で働かせるつもりだったのか？

…………。それとも奴隷に落とすつもりだった、とか？

「ヤマト君。こんな顔しているけど、この人も一応役人だよ。奴隷商は領主様が管轄《かんかつ》しているからこの人も領主様の臣下《しんか》なんだよ？」

「ヤマト様とおっしゃるのですね。他の国から来られた方はよく勘違いされますが、この国、特にこの街の奴隷商は健全ですよ。犯罪奴隷か借金奴隷しか扱っておりませんし、奴隷に関しては刑罰の意味合いが強いので非人道的な行いはしておりません。他国では解放は滅多《めった》に行われないと聞きますが、この国では買い戻し制度が導入されているので大半の奴隷は数年で解放されてそのまま就職することになりますよ」

刑罰の一環として奴隷にするのか。まぁ無駄に牢屋《ろうや》に繋いで無駄飯食わせるよりは働かせて刑を全うさせた方がいいか。それに数年も働いたベテランなら解放後もそのまま雇った方がいいだろうしな。

「でもこんなむさいおっさん連中を使いたがるモノ好きがいるんですか？」

「ははは。彼らでも鉱山《こうざん》や治水《ちすい》、開拓には引っ張りだこさ。言っただろ、管轄は領主様だ。領地の開発に労働力は必要不可欠だからね」

あぁ、だから余り物が残っているのか。ここにいるのは領地開発要員で、まともな奴隷は別の商館なのね。ただ戦力になり得る者はこの商館に集められているから頑張ってまともそうなのを探そうと。おっさん連中からしても重労働の領地開発より子供の御守《おも》りの方が万倍マシってことね。

「それでメルビン様、本日はどのようなご用件でしょうか？　兵士の訓練には時期が早いですよね？」

兵士の訓練に奴隷をレンタルしているのか？　………悪人顔だし、対盗賊戦を想定して訓練したら捗りそうだな。

「今日はこの子──ヤマト君の護衛を探しに来たんだよ。彼はポーション職人だ。案内してくれるかな？」

「──なるほど。では、彼女達ですな？」

彼女達、彼女、つまり女！　ここに女性がいるのか！　まさかの女神降臨《めがみこうりん》！　こんなむさ苦しいおっさん連中を見たあとなら余程《よほど》の肥満体《ひまんたい》でも満足できそうだ！

オジサンについて二階への階段を上って行く。おっさん連中がいたのは一階だけで二階は女性用らしい。それを早く言えと思っていたらここは力仕事や戦闘用の奴隷を収容する施設だから女性が滞在するのは稀《まれ》らしい。現在滞在している女性も二人のみ。それも姉妹らしい。力仕事ができて戦闘も可能な女性………。女プロレスラーみたいな感じか。……夢を見るのは止めるんだ。きっと想像を超える凄まじいモノが待っているんだ。そう思わないと落胆のあまり女性の前で泣き崩れるかもしれない。

「ここです。彼女達に敵意はありませんので牢には入れておりません。ヤマト様であれば問題ないと思いますが……奴隷に対して願うことではありませんが、彼女達へは誠意のある対応をお願いします」

誠意のある対応？　…………巨軀《きょく》の漢女？　超絶肥満体？　人なのか見分けがつかない女？　……おばさん？　年増？　――くそ、分からない、オジサンは俺を混乱させて何がしたいんだ⁉

そんなことを考えているとオジサンが部屋の扉を開いた。四畳くらいの手狭《てぜま》な部屋。ベッドが一つあるだけの窓も何もない空間。

そこに二人の美女がいた。

「ヤマト様、こちらが竜人族の戦士ツバキとその妹シオンです」

オジサンに言われて改めて女性二人を見る。一人はベッドに寝ており顔だけは見えているのだが、青い瞳と水色の髪が美しい美少女。年は一三歳程度だろうか、幼さを残す顔立ちが人形のような美しさだ。恐らくこちらが妹のシオンだろう。

もう一人はベッドの横に腰かけて俺達を――いや、俺を見定めるかのような熱い視線を送ってくれる妙齢《みょうれい》の美女。青い瞳とシオンより少し濃い水色の長い髪を後ろで束《たば》ねている。胸が重いのか知らんが両手を胸の下で組んでいるのでその巨峰《きょほう》が際立《きわだ》っている。

いやー眼福《がんぷく》だねぇ。おっと。

「は、初めまして。えっと、ヤマトです。よろしくお願いします」

自己紹介って何をすればいいんだ！　趣味？　分かんない。職業？　薬師《くすし》？　ポーションョン職人？　どっち⁉


「あら？　今度はずいぶんと若い子ですのね。この子が私の要望に応えられると？」

手を頬《ほお》に当てて微笑《ほほえ》むとかなんかエロいんですけど。このツバキさん色気が凄い。おっさん連中を見たからじゃなく、色眼鏡《いろめがね》を外しても絶世の美女だ。手の甲と首筋から下顎辺りに白い鱗《うろこ》みたいなものが少し見えているけどそれ以外は人間と変わらない。これで俺を守れるほど強いってメルビンさんが推すほどなんだろ？　異世界サイコー！

「ヤマト君。彼女達は竜人族だ。信頼には信頼で応《こた》え、恩には忠誠《ちゅうせい》で応える。彼女達が望むのは――」

「私が望むのは妹の治療ですわ。完治《かんち》、とまでは言いませんわ。ただ十分な栄養のある食事と病状が悪化しないだけのポーション、そして安静《あんせい》に安らげる場所。それだけですわ？　どうでしょう？　貴方《あなた》に用意ができまして？」

食事は病人食《びょうにんしょく》ってことか？　作れる人を探す必要があるだろうけどどうにかなるだろう。ポーションは問題ない。安らげる場所ってことは宿とかじゃなくて一軒家《いっけんや》だよね？　すぐには無理かな？　貸家《かしや》ってあるのかな？

「メルビンさん、十分な栄養のある食事を用意できる料理人と一軒家ってどれくらいかかりますか？」

「え？　あぁ、料理は食材を用意すれば彼女達でもできるだろう。一軒家なら南区の方にいくつかあるだろうし、月に銀貨一〇枚もあればヤマト君なら借りられるよ」

銀貨一〇枚か。食材やその他の日用品が残り二〇枚で賄《まかな》えれば問題ないな。今後もポーションを売れば問題ないだろう。

「問題ないみたいです」

「…………肝心《かんじん》なポーションの話が抜けてますわよ？」

「ポーションは問題ありませんよ。僕が作れますから」

「貴方が？　……失礼ですけど、どの程度を用意できますの？」

ま、妹の病《やまい》がかかっているから疑っても仕方がないか。ならとりあえず作っておいたDランクポーションを渡そう。あ、一本割れてる。セルガに蹴られた時か。まぁいいや、どうせまだ二本あるし。一本をツバキに手渡すために近づいたら花のいい香りがしていた。これはぜひとも護衛として傍《そば》にいて欲しいです。

「これは、貴方が？」

「ええ。今の手持ちにそれ以上のものはありませんけど、明日以降であれば用意できると思います」

ツバキにそう答えると俺を除く全員が息を飲んだ。え？　マズイ？　Cランクポーションは作れる人いるってメルビンさん言ってたよね？　セルガがDランクポーション作れるんだから俺がCランクポーションを作れてもおかしくないよね？

「……このポーションをどの程度の頻度《ひんど》でお使い頂けますか？」

「え？　えーと、まだはっきり言えませんけど、問題なく作れたら一日四本は大丈夫かな？　明日になればもう少しはっきりした数字が言えると思います」

今日作り出したDランクポーションの数は四つだから最低でも四つは大丈夫だ。宿に着いたら最大数と明日の朝には再度生み出せるか試せるんだけどな。

「そう、ですか。嘘は言っていないみたいですわね。……ふふふ、シオン？　彼でよろしいですか？」

「はい、お姉さま。ゴホゴホ、わ、私はお姉さまの瞳を信じます、ゴホゴホ」

「え、大丈夫ですか？　それあげますから使ってください」

「ヤマト君⁉　まだ契約前だよ！」

「あ、そうか、オジサンにあげるから彼女に使ってくれませんか？」

彼女達が奴隷なら今の所有者は奴隷商の管理人であるオジサンだよな。いきなり俺がポーションを与えたら問題だよね。

「は、はは。メルビン様、よろしいですね？　ツバキ、使用を許可する」

「ッ、感謝しますわ」

ツバキは俺の方を見て頭を下げた。うん、さすがにここでオジサンにだけ頭を下げたらモヤッとしたと思う。

でもDランクくらいで大袈裟《おおげさ》だよな。そもそもDランクポーションで治るのか？

「彼女の病は邪神の呪い、不治《ふじ》の病だ。竜人族の強靭《きょうじん》な精神力で耐えているのだろうけど凄まじい激痛が全身を巡っているはずだ。ポーションを使うことで一時的ではあるけどその痛みから解放されるそうだ」

なにそれ、酷過ぎでしょ。治す方法ないのか？　ないから不治の病か。……Aランクポーションで治るかな？

「ヤマトさん、ありがとうございます。身体が楽になりました」

シオンがポーションを飲みベッドから身体を起こして微笑んでくれた。笑顔が眩しい！　深窓《しんそう》の令嬢《れいじょう》ここに極まれり！

「………。ヤマト君、彼女達のこと気に入ったかい？」

「はい！」

「ではヤマト様、少しあちらでお話を」

メルビンさんとオジサンと一緒に部屋を出る。そのまま突き当たりの部屋に入るとそこは応接室になっていた。

ソファーを勧められて座ると俺の前に二人が腰かけた。……メルビンさんはこっち側じゃないのね？

「さて、まずはヤマト様に貴重なポーションを頂いたことお礼を申し上げます」

「いえ、僕が勝手にやったことでしたから。勝手なことをして申し訳ありませんでした」

「そんな、とんでもございません」

「いえいえ」

「いやいや」

「お礼と謝罪はその辺にしよう。話が進まなくなりそうだからね」

さすがはメルビンさん、俺もどこまでへりくだった方がいいのか分からず戸惑《とまど》っていました。

「コホン、では僭越《せんえつ》ながら私がお話を進めさせて頂きます。まずヤマト様は彼女達二人を購入する資格が先ほど本人達に認められました。よってこれから購入に関する条件をお話しいたします」

へぇ、購入させるか本人達に選ばせているんだ。随分《ずいぶん》と優しい奴隷商だな。最初に聞いた通りか。

「一つ目はヤマト様がこの国の住人として登録されること。二つ目はヤマト様がこの街を拠点《きょてん》として活動をされること。三つ目は彼女達の奴隷権を勝手に譲渡《じょうと》しないこと。四つ目は彼女達の借金を肩代わりすること。以上四点です」

この国の住人になるのは別に問題ないかな。この街を拠点にするのも別にいいや。セルガをぎゃふんと言わせるのは別の方法を考えればいいし。彼女達を他の誰かにやるつもりは元からない。問題は借金の肩代わりだよね。つまり、これが購入代金ってことだよね？

「この国の住民になるのに必要な手続きはどうすればいいのですか？」

「それは私が代わりに手続きできるよ。この街を拠点にすることもセットで申請しよう」

「じゃあ彼女達の奴隷権の譲渡ですが、僕が望まなくても移動はできるんですか？　また、勝手に譲渡しないこと、とは、誰かが指示した場合には譲渡する必要があると？」

「奴隷権の譲渡は奴隷の主人でなければ移動はできません。できる場合としては主人が死んだ時、後継人を選んでいた場合と、主人が犯罪者になり国家に身柄《みがら》を押さえられた場合のみです。また指示を出されても従う従わないは主人の意向次第です。この場合の指示とはこの国の国王になりますが、国王が平民の奴隷を取り上げることは基本ないと言えます。特に竜人族は自身が主人と認めた者には絶対の忠誠を誓います。この条件はどちらかと言うと彼女達のための条件と言えます。竜人族は己が認めない者に従うくらいなら死を選ぶ種族ですので」

つまり俺をこの国の平民にして国に逆らえないようにした上で、何かがあり彼女達を始末《しまつ》する必要がある場合には奴隷権の譲渡を要求すると。逆らえば犯罪者として処理して奴隷権の譲渡をすると。竜人族は相当ヤバい種族なのかも知れないな。国が鎖をつけておきたいくらいには。

でもこの条件一つ抜けているな。自分を買い戻すことができるんだから、先に解放させて改めて仕《つか》えてもらったらいいじゃん。絶対の忠誠って言うくらいなんだから仕えてくれるんじゃないのか？

「なるほど。では、最後の彼女達の借金の肩代わりとはどういう意味ですか？」

「言葉通りです。彼女達は現在三〇億G《ゴールド》の借金をしております。これの全額肩代わりになります。支払いは毎月三〇〇万Gとなります」

…………。…………。うん。なんていうか。……ふざけんな!!　何だよ!?　三〇億って！　人生が一〇回は満喫《まんきつ》できるわッ!!

はぁ、はぁ、はぁ。なるほど、解放ができないと踏んで条件に記載してないのね。

……それにこれ返させるのが目的じゃなく、俺を縛るための契約だわ。ポーション職人なら毎月三〇〇万くらい稼《かせ》げると計算して、腕のいいポーション職人を国に縫い留めようって腹積もりだな。

そのための極上の餌《えさ》が彼女達ってわけだ。しかも都合がいいことにシオンは不治の病で実質ツバキ一人分の働きにかかっている。しかも病状の緩和《かんわ》にポーションが必須《ひっす》とか周到すぎじゃねぇ？　彼女達の面倒を見るお人好《ひとよ》しがポーションを渡さないわけがないからな。

ちなみに銀貨一枚で一万Gで金貨一枚が一〇〇万Gみたいだ。平民の平均月収は一五万Gくらいだってさ。

……メルビンさん、そっち側にいるってことは貴方はそちら側ですね？

検問《けんもん》でポーションを所持、もしくはポーションを作れる者を見定め、国にとって有益な者と判断したらここに連れて来る。彼女達を買うだけの技術を持った技術者にならなり、それが無理でもこちらの出方を窺いどの程度の技術を持っているのか判断するつもりかな。たぶん俺がここで断れば、彼女達より少しグレードが落ちて俺に見合った人をまた紹介するんだろうな。

…………いいぜ、その挑戦受けてやる！

俺はただのポーション職人じゃねぇ。苦労するわけじゃない。俺が頭を悩ますのはどこにどこまでのポーションを卸《おろ》せば面倒《めんどう》事《ごと》に巻き込まれないかだけだ。そしてその面倒事を片付けてくれる最高のパートナーが二人も手に入る。なら悩む必要はないな。

メリリサート様、ポーションの制限は一日毎に更新してくださいよ。数日おきとか使用する度に更新時間がリセットされるとか絶対に止めてくれよ！　これで失敗したらメリリサートの名前を世界最凶最悪の化身《けしん》にして絶対の邪神だと俺の命が尽きるまで語り継ぐからな！　アルテミリナ様に洗礼されるからな！　異世界人の特徴を世界中にばら撒《ま》き転生《てんせい》しても満足に知識を披露《ひろう》できなくするからな！　異世界人は邪神の信者だと喧伝するからなぁ‼　はぁ、はぁ、はぁ。これでダメなら死なば諸共《もろとも》………。待っててくれメリリ。

【分かった！　分かったから‼　だからこれ以上ワタシをイジメないでぇぇぇ‼】

何か頭の中に神々《こうごう》しい声が響いてきた。メリリの声ってこんな感じだったっけ？　なんか胸が熱くなる感じがしたぞ。神託《しんたく》を受ける信者ってこんな気持ちになるのか。泣きべそかいてなかったら俺も心動かされたかも知れないな。うん、いつものメリリで良かった。

それにこれで不安要素が一つ減った。あとは交渉の時間だね。

「………それで全部ですか？」

「――いえ、ここまでは条件の範疇《はんちゅう》。彼女達を購入するなら購入代金として別に三億Gが即金で必要です」

「それで全部ですか？」

「はい。間違いなく」

「つまり、現金で三億Gを支払い、それとは別に毎月三〇〇万Gを三〇億G払い終わるまで続けると」

「はい。支払いが滞《とどこお》ることがない限り利息《りそく》が増えることはありません」

つまり、支払いが滞ると利息が爆発的に増え、元金を上回るということね。払えなくなると俺も借金奴隷として奴隷落ち。貴族の屋敷でポーションを作り続ける生活になるというわけだ。ハッ！　上等だ！　あれほどの美女二人と一緒に生活できるんだ！　リスクも背負ってやる！

「あ、一つ言い忘れておりました。彼女達は奴隷ですが、その前に一人の竜人。無理やり身体を求めたりすると犯罪者になりますので注意してください」

……。

…………。

…………止めとこうかな？

——いやいや、別に身体だけが望みじゃないしぃ、もしかしたら俺のこと好きになってくれるかも知れないしぃ、ほぼ死ぬまで一緒に生活するんだからいいこともラッキーハプニングも夢の数あるはずだしぃ！

俺はこれくらいじゃ挫けんぞぉぉぉ‼

「メルビンさん」

「なんだい？」

「…………普通にお金が足りません」

「――まぁ、そうだよね？　なんか普通に最後まで聞いているからもしかしてって思ったけど、普通そんな大金持ってないし、毎月三〇〇万Gの支払いとかできるわけないよね。ははは、どうだいこれから別の店に――」

「いえ、毎月三〇〇万の方はどうにかできると思います。時間があれば三億の方も目途《めど》がつくとは思うんですけど、ただ時間がかかりすぎます。――だから交渉です。CランクポーションをЯ月に二本ご用意します。それをCランクポーションが合計一〇〇本分になるまで続けます。この条件で三億G無利子で立て替えてください」

「――どうして一介《いっかい》の兵士である私にそんなことを言うんだい？　私にそんなお金があるわけないだろう？　兵士は命を張る仕事だけどそれほど高給取りじゃないんだよ？　ははは」

「いえ、兵士のメルビンさんにお願いしているわけではなく、領主の息子であるメルビンさんにお願いしています。メルビン・ベルモンド様、でいいんですか？」

「――――どうして知っているのですか？　街の人間にも知られていないはずですが？」

「メルビン様⁉」

「構いませんよ、オルガノ。あぁ、そうか。オルガノは領主の臣下《しんか》、その臣下が敬称をつけて呼ぶのは息子というわけかな？　でもヤマト君にも敬称をつけていたよね？　オルガノの対応の違いかな？　それなら他の貴族の可能性もあるか。…………。カマかけ

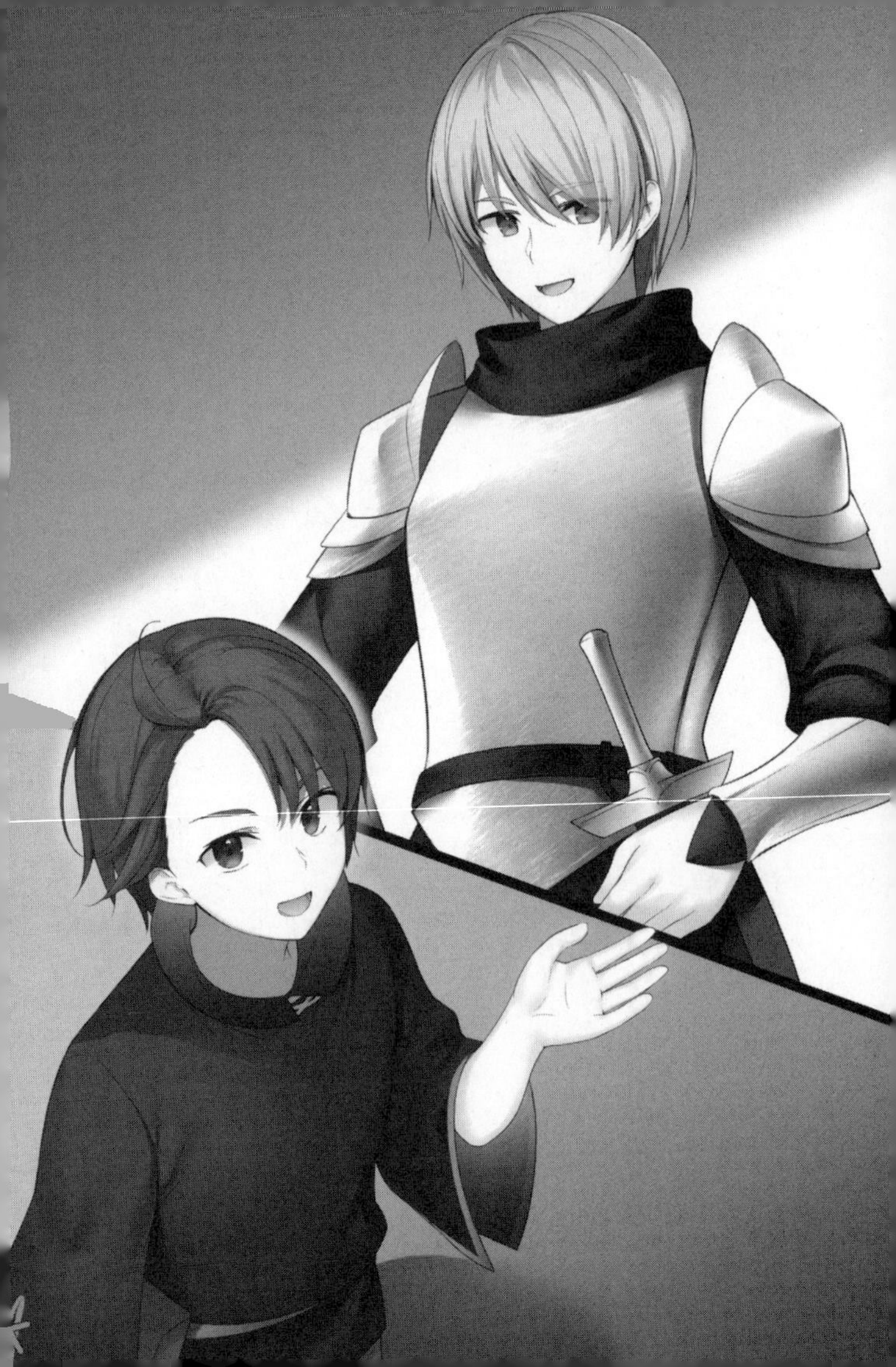

かい？」

その通りだよ、畜生《ちくしょう》！　俺が言いたかったこと全部言いやがって！　でも良かった、実際オジサン、オルガノさん？　の対応が俺と違ったことと、メルビンさんの立ち位置から推測しただけの当てずっぽうだからな。家名《かめい》もオルガノさんに門のところで聞いていて良かったよ。

「ご想像にお任せします。それでどうでしょう？　優秀なポーション職人が自ら鎖に繋がれると提案しておりますが？」

「…………何が望みだい？」

「…………。そうですね、強いて言えば」

「言えば？」

「ツバキさんのお胸でしょうか？」

「………………は？　いや、そういうことじゃなくて。え？　そういうことなの？　ヤマト君竜人好きなの？」

なんだその○○人好きとか変わってるぅー、マニアックゥー、って感じの言い方は⁉

「胸に貴賤《きせん》なし。全てのお胸に意味はある。しかしその中でも素晴《すば》らしいものは確かに存在する」

やべぇ、自分でも何言ってんのか分かんなくなってきた。

「つまりヤマト君にとって彼女の胸にはポーションの秘密を差し出すだけの価値があると？」

「そこまでは言いません。しかし、師匠から許されるであろう境界線、そのギリギリのラインがCランクポーションだというだけです。もしメルビンさんにこの内容でご満足頂けないのであれば、同じ内容で商業ギルドに持ちかけます。それが失敗したら別の街で、それが失敗したら別の国へ。時間をかければ三億G、用意してみせましょう」

「…………いいでしょう。私の一存でCランクポーション一〇〇本の代わりに彼女達の購入代金を私が受け持ちましょう。その代わり、これは私個人が請け負《お》った契約です。ポーションの納品は私個人へお願いします」

へぇ、本数の交渉をしてこなかったな。つまりCランクポーション一〇〇本で三億Gの価値があるってわけだ。一本三〇〇万Gかよ。暴利《ぼうり》だな。

その上、自分個人で契約をするって言ったくらいだ。それ以上の価値にする算段があるんだろうな。……いや、彼女達の購入代金三億Gも偽《いつわ》りの可能性があるか。本当は一億Gで領主にはポーション三〇本で手を打たせるとかな。少なくともポーション一〇〇本で交渉せずとも利益が十分に見込めると判断できたわけだ。

ま、購入代金が本当はいくらだったとしても俺が納得して払ったんだから文句はない。どうせタダで手に入るポーションだし。実質タダでツバキとシオンが手に入るわけだ。

借金もポーションで払うから痛手はない。つまり結局のところ俺の一人勝ちだ。

　契約を行う前に、実は一本持っているんですよ、ってことでCランクポーションを服の下で作ってメルビンさんに渡すことにした。Cランクポーションを見たメルビンさんとオルガノさんは盛大に驚いていた。いや、契約するんだからちゃんと作れるって。

　Cランクポーションは今日は打ち止めだから今日に四本作れるみたいだ。………ニヤリ。

　メルビンさんは契約をするに当たって正式に名乗りを上げてくれた。

「私の名はメルビン・フォン・ベルモンド。ベルモンド子爵家《ししやくけ》次男にして騎士爵《きししやく》を有するものだ」

　騎士爵ってことはメルビンさん自身も貴族なのか。メルビンさんは次男だから長男が子爵家を継いでメルビンさんは騎士爵をもらったというわけかな？　貴族の詳しい生態《せいたい》とか知らないしあまり関わりたくないなぁ。メルビンさんも良い人だと思ってたら欲望丸出しの獣だったし。

「それでは契約書を作成します。【薬師ヤマトはメルビン・フォン・ベルモンドにCランクポーション一〇〇本を提供。提供方法は月に二本以上の提供、これを累計《るいけい》一〇〇本分になるまで続けることを義務とする。メルビン・フォン・ベルモンドは竜人ツバキ、竜人シオンの奴隷購入費用の全額を薬師ヤマトに代わり支払う。メルビン・フォン・ベルモンドは即日購入費用を支払うものとする。メルビン・フォン・ベルモンドに両奴隷の所有資格は一切ないものとする】これにサインをしてください。それで契約は完了致します。…………。はい。これで正式に契約は結ばれました。契約の見届けは私、オルガノ・フーリンガが家名に誓い証明致します」

オルガノさんが羊皮紙《ようひし》に記載された契約内容を読み上げて俺とメルビンさんに契約書を差し出してきたので受け取り、二人でサインをする。……メルビンさんはスラスラと家名までキチンと書いてる。俺はヤマトってしか書いていないけどいいんだよね？

……特に何も言われないからいいだろう。まぁこれで俺とメルビンさんの契約は終了だ。

「随分と物々しい契約になったね。私はポーションをもらった上に彼女達の所有権を主張したりしないよ？」

ただの口約束を信じて三〇億Gの借金を背負うわけないだろう。彼女達の契約が終わったあとに購入代金は自分が出したから所有権の半分は自分にもある、とか言い出したら笑えない。貴族を信用できるだけの信頼はまだ得てないぞ。…………会って数時間の人に三億Gの取引を持ちかけたわけだけどね。

「念のためですよ（ま、これでも敵対行動をするなら容赦《ようしゃ》しないけど）、ははは」

「は、ハハハ。大丈夫だよ、この街のために働いてくれるポーション職人に不埒《ふらち》な真似はしないさ。彼女達を紹介したのも彼女達なら確実にヤマト君を守れると知っているからさ。ただ、彼女達は我々からしても簡単に手放すわけにはいかない存在だからね。この国に縛りつけるような契約になってしまったんだよ。でも安心してくれ。国民の命と財産を守るのが貴族の務めだ。私は全力でヤマト君の助けになるよ！」

……これをここに来る前に聞いていたらメルビンさんマジ良い人！　ってなっていたけど、今聞くとCランクポーションを回収するまで死なせるわけにはいかないからね、ヒッヒヒッヒ！　って感じだなぁ。兵士ではなく貴族の務めとか言ってるし。

まぁオルガノさんの話でも街に住んで活動してくれるポーション職人には優遇措置《ゆうぐうそち》がいくつかあるらしいし、悪いようには扱われないみたいだけどね。

あぁそうそう。優遇措置の中に、工房兼自宅が用意してもらえるというのがあるらしい。あと家事の手間をなくして仕事に集中できるようにメイド（スパイ）さんの派遣もしてくれるらしいぞぉ、ヤッタネ！　じゃねぇ！　ふざけんな⁉　…………ま、おいおい考えよう。

「ヤマト様、それでは続いて奴隷契約に移らせて頂きます。とは言ってもこちらは既に契約書も用意してありますのでサインするだけですが」

サインするだけと言われて読まずにサインする馬鹿はいない。…………馬鹿はサインするのか？　いや、違う違う。えぇっと何々、ホニャララ、ムニュムニュ、ペンペンツァ、って感じか。さっき聞いた内容と同じだな。変な言い回しもないし問題ないかな。俺が口出ししたメルビンさんとの契約書の方が黒さが目立つくらいだ。これならサインしても問題ないだろう。

「はい。問題ありません。ありがとうございます。ではギルドカードを出して頂けますか？　奴隷所持の記載をいたします」

ギルドカードは身分証になっているので奴隷を所持している場合は記載が必要らしい。奴隷の主人確認を求められた場合などに必要になるからだ。これで奴隷契約は終了。

魔法陣の中で奴隷と主人が抱き合ったり、血を飲ませたりする展開はなさそうだ。既に彼女達は手枷足枷《てかせあしかせ》の魔道具を身に着けているので主人に攻撃はできないし、逃亡もできないそうだ。命令を強制的に聞かせる機能などはもちろんついていない。ただ命令違反を繰り返すと待遇が悪くなったり売り飛ばされたりするから余程の命令でない限り指示通りに行動するそうだが。

「彼女達なら問題ないよ。竜人族は主人と見定めた者の命令には従うから」

「それってまずは僕が主人として認めてもらう必要がありますよね」

「そうだね。なら彼女達のもとに行こうか。まずは話さないとお互い理解できないからね」

これって嵌《は》められた？　俺は彼女達を捨てることはできないし、十分な生活環境を約束させられているから無下にも扱えないよね？　彼女達が働きたくないでござるって言った時どうすればいいんだ？

――ま、考えるだけ無駄だったようだけど。

「お待ちしておりました、主様。竜人族が戦士、ツバキと申します。若輩《じゃくはい》な身なれど身命を賭《と》して主様をお守り致します」

「お待ちしておりました、旦那様《だんなさま》。竜人族、シオンと申します。病弱な身ではありますが、できうる限りの働きで旦那様にお仕え致します」

再び彼女達の部屋に入ると二人は床に膝《ひざ》をついて頭を垂れていた。先ほどまでと雰囲《ふんい》気《き》が全然違う。何か神々しいというか、胸が高鳴る。まるでこの世の者ではない、天女《てんにょ》が降臨しているかのような美しさが二人にあった。

「ッ、あ、え、っと。お、俺が、二人の主人になったヤマトです。よろしく」

妖艶《ようえん》な笑みとあどけない笑顔が俺の思考を殺しにかかっている。暗殺者だ。微笑みで俺を殺すつもりか⁉

「ヤマト君、見惚《みと》れているところ申し訳ないんだけど、私は領主様のもとに報告に行かないといけないから続きは今夜にでも宿でやってくれるかな？」

「私もヤマト様のご自宅の手配に向かいます。明日の朝にはいくつか候補を用意しておきますのでメルビン様の詰め所で待ち合わせ致しましょう」

おっとやばい、背後に二人がいたのを完全に忘れていた。そうか、今日は宿だったな。さすがに今日の今日で住める家は難しいと言われたんだった。明日には内覧《ないらん》に行って早ければ明日の昼すぎには転居《てんきょ》していいらしいけど。さすがは領主の臣下。仕事が早い。

ツバキとシオンの二人も立たせて挨拶《あいさつ》もそこそこに早速出ていく準備をしてもらう。メルビンさん達は部屋の外で待っているらしい。二人で話し合いたいことがあるんだろうね。主に俺の今後についてとか。

ツバキ達の荷物は少しの着替えくらいで小さな鞄一つで十分入るくらいだった。……うん。俺より多いね。俺が今持っているの銀貨とポーションとギルドカードだけだし。

とはいえ、まずは宿を決めて彼女達と俺の日用品の買い出しからしないとな。

「あ、シオンは身体は大丈夫なのか？」

「はい、旦那様に頂いたポーションのおかげでしばらくの間は動けます」

「いつもより効果の高いポーションだったみたいですわね。普段使って頂くポーションはもう少しランクを落として頂いても大丈夫だと思いますわ。あまり無理をして支払いを滞らせるわけには参りませんから」

そうなのか？　ポーションが効いている間は痛みがないのならEランクでいいのか？

高ランクポーションほど持続時間が長いのかな？

Eランクポーションなら一六本作れるから毎日半分くらい渡したらいいのかな？　ここで話すわけにもいかないし宿で聞こう。今は手持ちがDランクポーション一本とEランクポーション三本とFランクポーション三本か。とりあえず全部渡しとけば明日まで持つかな？

「じゃあ、今日のところはシオンにこれを渡しておくよ。キツイ時は気にせず使っていいから。足りなくなりそうなら言ってね」

シオンは一三歳くらいの妹みたいな感じだから少し話しやすいな。今の俺は身長が縮んでいるからシオンの方が俺より背が高いんだけどね。身長は一五〇センチくらいかな？　俺も成人前のはずだけど背が低いよな？　まさか一二歳くらいとか言わないよな？

「――え？　こんなによろしいのですか⁉」

「うん。ポーションは中毒性とかないらしいから何本飲んでも害はないらしいよ」

正確には中毒性があってもポーションが癒《い》やすらしい。これは商業ギルドのミリスさんに聞いていたことだから間違いないだろう。

森の中で全種類飲んだりしてたからね。普通に考えたら身体に悪そうだ。

「随分と羽《は》振《ぶ》りがいいのですわね？　支払いが滞る心配がないのでしたら私も少しだけ

欲しい物がございますわぁ」

「ええっと、なんでしょう？」

ツバキさんは二〇歳くらいだと思うけど色気が凄い。仕草が一々エロい。人差し指を唇に当てておねだりする必要ありますか？

身長は今の俺からしたら見上げる必要がある。一九〇センチはありそうだ。バレーボール選手みたいに背が高くて引き締まった身体つきなのに出るとこはしっかり出ている。普段の姿勢が両手を組んでお胸を持ち上げているからさらにエロい。

「私ほんの少しだけお酒を嗜《たしな》みますの。贅沢品《ぜいたくひん》だとは理解しておりますけど、ほんの少しだけ、ご用意いただけないでしょうかー」

俺の肩にすりよって胸を背中に押しつけながら耳元で色気たっぷりに囁《ささや》くのを止めて欲しい。背中がゾクリとしたぞ。色っぽいのに恐怖を感じる。

「お姉さま！　旦那様が困っておられますよ！」

「あら？　まんざらでもない感じですわよ？　それにシオンばかりズルいですわ。私も主様の愛が欲しいですわ」

「あー、はいはい。あとで日用品を買いに行くからその時に手持ちが足りたらね？」

「旦那様、お姉さまを甘やかしてはいけませんよ？　すぐに調子に乗りますからね？」

「ふふふ、良い女に欲しがる物を買い与えるのは男冥利《おとこみょうり》に尽きますわよね？」

「そうだね。十分に働いてくれるなら酒代くらい経費だって思うことにするよ」

「あら？　シオン、聞きました？　これができる男というものですわよ。貴女《あなた》もこのような殿方に身を捧げるのですよ」

「お姉さま！　いい加減お黙りくださいませ！」

シオンの怒気に何事だとメルビンさんが部屋に入って来たところで話は終わった。深窓のシオン、怒らせたら怖そうだ。


「それじゃヤマト君。私はここで失礼するよ」

「はい。今日は色々とありがとうございました。また何かあったら相談させてください」

奴隷商のある西区から中央区まで戻って来たところでメルビンさんは領主邸に行くため、ここで別れることになった。オルガノさんとは奴隷商で既に別れている。不動産を任せている貴族や商人に話を通しに行ってくれるそうだ。

「さて、それじゃ最初に宿を探そうか」

「主様がお泊まりの宿ではダメですの？」

「あぁ、俺は今日この街に来たんだよ。だからまだ宿も見つけていないんだ」

この世界に来たのが今日なんだけどね。そういや、夜中から動きっぱなしだけど全然身体が疲れないな。ポーション全部飲みとかしたからどれが効いているのか分かんないけど凄い効果だ。

「今日初めて街に来て、いきなり三〇億Gもの借金を負ってさらに美女二人を買うために三億Gの商談をまとめたのですわね」

「……私達のせいで申し訳ございません。ですがしっかりと働いてお役に立ちます！」

「あらシオン？　病弱な貴女がお役に立つ。あぁ、ベッドでのご奉仕《ほうし》であれば貴女にピッタリですわね」

「お姉さま？　本当に怒りますヨ？　旦那様のお立場を考えてお話しくださいませ！」

「あら？　大丈夫ですわよ。貴女の旦那様は亜人《あじん》に対して寛容《かんよう》なお考え、子作りは無理でも奉仕は喜んでくれますわ」

「なぜお姉さまが断言するのですか⁉」

「なぜって、ほら？」

むにゅむにゅ。

俺をほったらかして姉妹喧嘩を始めたと思ったら、今度はツバキが俺の顔を両手で引き寄せて自分の胸に押しつけた。ちょー柔らかい。それにかなり良い匂いが。——じゃなくて。

「こんなところで何してんだよ」

「お嫌ですか？」

「イヤではない。むしろ嬉しい。だけど人の目があるだろ？」

「シオン、貴女の旦那様はこういうお人よ。貴女もしっかりと仕えなさい」

俺のことは無視ですか。……シオンが俯《うつむ》いて震えているんだけど。何か怖いんですけど。ツバキさんちゃんと責任もってどうにかして！

「あら？　ほら主様の出番ですわよ」

「え、ちょッ⁉　うわ！」

ツバキに足払いされて背中を押されたせいでシオンの方に倒れ込み、バランスを崩したまま思わずシオンの身体に抱き着いてしまった。

シオンはさすがは竜人というか勢いがついた俺をその場でしっかりと受け止めて支えてくれた。――顔が真っ赤だけど。

まつ毛の本数が数えられそうなほど顔が近く、その綺麗《きれい》な青い瞳やぷっくりとした唇に目が奪われ鼓動が速くなる。

「お二人さん？　こんな人目のある公道でそんな見つめあっていたら迷惑ですわよ？」

「ッ⁉」

「わ、ゴメン！」

ツバキに言われて慌てて離れる。周りにいた人は軽く見ていたけど、そこまで気にした様子はないみたいだ。今の俺は子供だしシオンも俺と同じくらいだから子供がじゃれていたくらいにしか思われなかったみたいだ。

ただ当事者はそう簡単なものではなく、シオンは顔から湯気が出そうなくらい顔を真っ赤にして放心していた。

「あぁ、その、シオンごめん。いきなり抱き着いちゃって」

「へ？　いえいえ！　旦那様は全く悪くありません！　悪いのは全てあの酒乱姉です！」

「しゅ、酒乱姉？」

「ハッ！　いえ、何でもありません！」

「ヒドい言われようですわね。せっかく妹の幸せを願って身を削《けず》る思いをしてお膳立てしたというのに」

お膳立てって、そりゃ俺からすればラッキーハプニングで最高だったけど、さ、って⁉

「ツバキ！　どうしたんだその足⁉」

文句の一つでも言おうかとツバキを見ると、平然とした顔で立っているけど右足首が血塗れになっていた。よく見ると左手首にも同様の怪我を負っているみたいだ。懐《ふところ》に手を入れてDランクポーションを生み出す。まだ制限数に達していなかったみたいだ。

ツバキとシオンには両手両足と首に魔道具の枷が装着してあった。この魔道具は奴隷につけられる安全装置なのだが、人間であれば一つで十分なところ竜人族ということで計五個装着されている。今回ツバキが怪我をしているのはその魔道具がついている右足首と左手首だった。

　俺に足払いをした右足と俺を突き飛ばした左手の魔道具が反応したみたいだ。恐らく俺に触れる前に発動した魔道具の制止を無視したから、より強い力が働いたのだろう。怪我の一部は骨が見えるほど肉が抉《えぐ》れている。

「これくらいの傷どうということはありませんわよ」

「いいから黙ってコレを使え！」

「ッ」

　俺が差し出したポーションを見ていらないと言うツバキに怒りを込めて言うと、驚いた顔をしたあとポーションを受け取り傷口にかけていく。傷は見る見る内に塞《ふさ》がりどうにか完治したようだ。

　骨が見えるほどの怪我がDランクポーションで治るのか。Dランクポーションが貴重だという意味が分かるな。だからDランクポーションが作れるセルガの横暴《おうぼう》がまかり通っているのか。

「お姉さま、あまり無茶をしないでくださいませ」

「ごめんなさい。主様、申し訳ございませんでした。私の軽率な行いで貴重なポーションを一つ使わせてしまいました。この罰は何なりとお受けします」

　別にポーションを数本使われるくらいなら大して問題はない。シオンに使う分のポーションを確保する必要があるから無駄遣《むだづか》いされると収入が下がるけどそれは借金の支払いに影響しない範囲なら問題ない。ただ許せないのは怪我をすることを恐れていないことだ。怪我をした事実より俺のポーションを使ったことに謝罪している。それが許せない。

「なら罰を与える」

「ッ、旦那様、どうかお許しを！　私が使うポーションから」

「シオンお黙りなさい」

「ですが！」

「——ツバキ、罰として今後怪我を負《お》うことを禁じる。不測の事態、誰かを守っての負傷は構わない。だけど回避でき得る怪我を負うことを俺は許さない。これは罰にして命令だ」

奴隷に強制力を持つ命令を言うことはできない。命令をしたとしてそれを守るか破るかは本人次第。だからこれは俺の自己満足にすぎない。

「シオンにも言う。回避可能な怪我をしないこと。シオンには命令じゃなくお願いだ。俺は二人が傷つくところを見たくない」

「ふ、ふふ、ふふふ。——主様、竜人族ツバキ、その勅令《ちょくれい》、しかとこの身に刻み込みます！　今後このような失態を犯さぬと約束致します」

「わ、私も！　怪我しません！」

シオンの場合は多少怪我しても定期的にポーションを飲むから全部治りそうだけどね。

それでも怪我はしない方がいい。

「なら今回の件についてこれ以上言うことはないよ。俺も役得だったからね」

「シオンの抱き心地はいかがでした？」

「最高かな？」

「ちょ、お姉さま！　旦那様まで！」

「ほら行くよ。まだやること多いんだし、宿屋くらいさっさと見つけよう」

「行きますわよ？　シオン？」

「もぉ！　二人して！」

再び顔を赤くするシオンの手をツバキと引きながら宿を探して歩き出す。

とりあえず宿を見つけたら次は着替えと食事だな。明日家が手に入るなら荷物になる物は明日以降に買いに行くことにしよう。

※

ヤマトと別れたメルビンは一人早足で領主の屋敷を目指して歩いていた。時折すれ違う町民に声をかけ手を振り挨拶をしながらもその足は止まることなく歩き去って行く。

「どうしたんだろうねぇ？　今日のメルビンさん。えらく急いでいるみたいだけどこの先は領主様のお屋敷だけど」

「何か事件があったのかねぇ？」

「ま、メルビンさんがいれば、どうにかしてくれるさ。俺達は俺達の仕事に精を出そう！」

メルビンが領主の息子で騎士爵を持つ正式な貴族であると知っているのはこの街では貴族とその関係者の一部だけ。町民では商業ギルドなど限られた一部の者だけで数少ない。これは領主が街の治安維持のためにメルビンへ指示した政策の一環だからであった。

貴族に隠れて不正を働く商人や貴族の関係者と共謀して資産や情報を横流しする犯罪者への対応。そして街に流れつく腕に覚えがある職人などを野に埋もれさせないための措置でもあった。

そのためメルビンの顔は広く、領主の顔を知らずともメルビンの顔は知っている者が多いというほどであった。

そんな街の顔役であるメルビンは興奮を抑えきれず、逸《はや》る気持ちを足に伝え領主の屋敷を目指した。

「まさか、この街に本物のポーション職人がやって来るなんて！　紛《まが》い物《もの》の職人じゃない、神話に語られる本物のポーション職人だ！　それもまだ年端《としは》もいかない少年。しかしあの瞳！　彼は知っている！　深淵《しんえん》を覗《のぞ》き、世界の神秘《しんぴ》を解き明かしている。あの姿が本当の姿なのかも怪《あや》しい。不老長寿の薬を生み出していても不思議じゃない。絶対に彼を、ヤマト君を手放してはいけない。たとえ商業ギルドを敵に回したとしても！」

ポーション職人とはCランクポーションを作れる職人のことを指す言葉であり、Dランクポーションまでしか作れない職人は薬師と呼ばれている。

この世界で現在最高位のポーション職人はベアトリーチェ・ディルン・フルグラッガ・ベルザッド・マクグラウン。

ポーション職人の目標にしてポーション職人の頂点。Bランクポーションの作製に成功し、作り出す低ランクポーションは高品質の物を量産している世界の秘宝と呼ばれる女傑《じょけつ》。現在はサラハンド王国の王都にある商業ギルド本部にてギルド総長をしているがその本質は研究者であり、稀代《きたい》のポーション職人である。

サイガスの街の商業ギルド、ギルド長はベアトリーチェの直弟子であり、各地の商業ギルドの役職にはベアトリーチェの弟子達が在籍している。

ポーション職人のほとんどはベアトリーチェの傘下《さんか》にいると言っても過言ではなく、人里離れた地方で研究しているポーション職人であってもベアトリーチェから呼び出しがあればその重い腰を上げると言われていた。

そしてベアトリーチェは貴族を嫌っている。かつては共存の道を歩んでいたが戦争の際にポーションを大量に用意せよとポーション職人を過酷に扱い、ポーション職人に国境はないと認めているにもかかわらず回復源を潰すためにとポーション職人の殺害が起こったのだ。

これに怒ったベアトリーチェは大陸中の薬師、ポーション職人を非戦闘区域まで誘導し戦争に関わらせないようにした。ポーションの補給がなくなったことで兵士の死傷者が続出。慌てて戦争を停止するも大量の戦死者を出し、ポーション職人の殺害を敢行《かんこう》した国は王族の処刑を以《もっ》てベアトリーチェに許しを乞うた。

それからポーション職人への危害、妨害、侵害などは固く禁じられることになり、ベアトリーチェを含むポーション職人は中立であり戦争や政治には一切関与させないことが求められた。

その際にベアトリーチェは周辺国に中立であることを証明するために各国の貴族位を授与される。ベアトリーチェの名前に連なるのは各国がベアトリーチェに差し出した領地であり、自国に縛りつけるための枷だった。

メルビンがやろうとしていることは一歩間違えればベアトリーチェの怒りをその身に受ける蛮行《ばんこう》。しかしそれでもメルビンにはそれを行うだけの決意があった。

「竜人の妹がポーションを飲んですぐに起き上がった！　満足に動くこともできなかった邪神の呪いをその身に宿した者がだ。あれはただのDランクポーションではない。そしてこのCランクポーション、彼はベアトリーチェ卿《きょう》を越える存在だ！」

メルビンはシオンがまともに歩き回る様子を見たことがなかった。そのシオンの姿だけでもヤマトがベアトリーチェを越える存在だと認識するには十分だった。そしてさらに上位ランクのポーションを渡され疑いの余地があろうはずがなかった。

仕事柄様々な犯罪者や準犯罪者と会話をしてきたメルビンはヤマトの自分で作ったという言葉に嘘を感じなかった。

メルビンのカンがヤマトへの敵対行動だけは絶対にしてはならないと警鐘《けいしょう》を鳴らしていた。これはヤマトが取引を持ちかけてくる直前に神の如き気配をヤマトから感じたことが大きな理由であった。


領主館に辿り着いたメルビンは執事に止められるもそれを押しのけ、領主がいる執務室に直行する。

実家とは言え、現在の任務を受けてから五年以上街に家を借りて住んでいるので、報告に来る時以外は立ち寄らない場所である。普段であれば体面に気を遣い平民として訪れるのだが、現在のメルビンにそのようなことに気を回す余裕はなかった。

「父上！　お話ししたいことがあります‼」

「ッ！　メルビン！　貴様断りもなく押し入るとは無礼であろうがッ‼」

執務室にはメルビンの父であるカイザーク・フォン・ベルモンドとメルビンの兄であるザリック・ベルモンド、そしてカイザークの臣下であり街の一部を任せているヴァリド男爵《だんしゃく》がいた。

「まぁまぁ、ザリック殿、落ち着いて。メルビン殿がここまで慌《あわ》ててやって来るとはそれ相応の事態と見るべきですぞ」

ヴァリド男爵はメルビンがカイザークの息子であり、騎士爵を持つ貴族だということも街の警備隊をしていることも知っていた。そのため街で何かしらの事態が発生したと推測していた。

そしてそれは父であるカイザークと兄であるザリックも同じであった。しかし身内が叱責《しっせき》せねば男爵に申し開きができない上、今後も同じ事態があると思われては密談もできない。

「すまんな、ヴァリド男爵。メルビンにはあとでしっかりと言い聞かせておく。それでメルビン、事態は深刻か？」

これはベルモンド家の暗号の一つだった。深刻、一時の猶予《ゆうよ》もなく直《す》ぐに軍事行動に移る合図であった。

「いえ、しかし、事態は急を要《よう》します」

至急話すべき要件があり、人払いが必要という合図であった。

「……ヴァリド男爵、すまないが暫《しば》し客間でお待ち頂けるだろうか？」

「もちろんですとも。都合が悪ければ明日、改めて出直しますが？」

カイザークがメルビンに視線を向けるとメルビンは首を縦に振る。

「すまない。後日この埋め合わせはする」

「お気になさらずに。では私はこれで失礼致します。何かご用命がありましたらいつでも当家にご連絡ください」

ヴァリド男爵が屋敷を出るのを自身で確認するメルビンの姿に、カイザークとザリックは事態が思った以上に重大なことを察し、話をさせようとするがメルビンは最古参の執事長バイスを呼びだし、使用人を食堂に全員集めて呼び出しがあるまで待機するように言いつけた。

ここまですることは過去にもなかった。信頼のある使用人まで含み全員を遠ざけるなど使用人の信頼を損なう行いであった。しかし、メルビンの表情からそれをカイザークは止めることはしなかった。

「メルビン、これでこの部屋の周りには誰もいない。そろそろ話してくれるか？」

「はい。まずはこちらをご覧ください」

メルビンが取り出したのは一本のポーション瓶《びん》。なんの変哲《へんてつ》もないシンプルな物だ。

その透明度を除いて。

「なんだこれは⁉　高品質か？　色合いから見てCランクポーションのようだが、ここまで透き通ったポーションは見たことがないぞ」

この世界のポーションは品質が上がるほど透明度が上がり、それに伴《ともな》い効能が下がる傾向にあった。かつてベアトリーチェが作ったBランクポーションは品質で言えば低品質、ギリギリ粗悪品を免《まぬが》れてBランクポーションとしての効能を発揮した奇跡のポーションだった。

品質は最高品質、高品質、中品質、低品質、粗悪品と五段階に分けられ、品質が良くなるほど不純物がなくなり透明度が増す。しかしその不純物こそが薬草の成分を含んだ回復成分のため、これを取り除くということは効能を下げることと同義であるとされていた。

いかに効能を落とさず透明度の高いポーションを生み出せるかが職人の腕前であり、Cランクポーションであればよくて低品質、ベアトリーチェでさえ中品質が限界だったのだ。

「メルビン、これをどこで手に入れた？　いや、お前がここまで人払いをしたということはこれを作った者と直接取引をしたんだな！」

「兄さん、落ち着いてください、声を下げて。……はい。私はこれを作ったと言う少年と先ほどまで一緒にいて、取引もしました」

「ッ、少年だと？　……弟子。ならば、これを作った少年の師匠とは一体どれほどの人物なんだ？」

「噂に聞くかの女傑、ベアトリーチェ卿では？」

「可能性はあるが……メルビン、どこまで知っておるのだ？」

「恐らくベアトリーチェ卿の弟子ではないと思います。帝国方面モルガレ大森林の奥地にある辺境地帯の集落から住民全員で亡命を試みたそうです。私が直接聞いたわけではないのですが嘘か本当か、師匠は死んだと言っていたそうです。そして師匠にもらった魔除けの薬とCランクポーションで命が助かったと」

　モルガレ大森林と聞いてカイザークは眉をひそめた。あの地帯は魔獣の宝庫であり武器も持たない難民が越えられるわけがないと。自身の領地にも被っている地域だけにカイザークは誰よりもそのことを知っていた。

「森を抜けるまで魔除けの薬が効いていたのでどうにかなったらしいのですが、森を抜けたあとに一角兎《いっかくうさぎ》に腹部を貫かれたそうです。そしてCランクポーションで治癒《ちゆ》したと。実際に血がついたこのくらいの穴の空いた服を見ました。そして嘘を言っているようには見えませんでした」

「馬鹿な、それだけの穴が空いているというなら白一角兎だろう。確実に腹部を貫通しているし内臓もズタズタのはずだ。それをCランクポーションで癒やしたと？」

白一角兎は通常の一角兎より脚力が強く鎧さえ貫通する突進力がある魔獣であった。通常の一角兎では脚力が足りず人間に刺さっても貫通はしない。そのため服の穴がそこまで大きくなることはなかった。しかし白一角兎は出会えば訓練を受けた兵士でも死を覚悟する強敵であり、その恐ろしさは突き刺さった内部を破壊する捻《ね》じれた角にあった。ポーションが普及したこの世界でも内臓が複雑にやられた怪我はCランクポーションでも天に運を任せるしかないほどの重体である。

「ただのCランクポーションではありません。おそらく高品質のCランクポーションです。現在出回っているポーションの中で最高峰のポーションです」

「……確かに、これは高品質のCランクポーションであろう。しかし、その少年は師匠の作ったCランクポーションで治っておるのだろう？　ならばそれはいかほどの品質だ？」

カイザークの疑問に息子二人は息を飲んだ。貴族の子供としてポーションの特性や希少性も教わっていた。弟子が高品質を作れるならその弟子に持たせたポーションは一体、と。

「少年が持っていたポーションについてはもう良い。いくら考えたところで憶測《おくそく》の域を出ないからな。それでメルビン、まだ言うべきことは残っているな？」

「はい。私は通行証を発行したあとに、ポーションを売りたいと言う少年を商業ギルドに連れて行きました」

「何故《なぜ》だ！　ここに連れて来れば良かろう！」

「静かにしろ、ザリック。メルビンの行動は間違っておらん。その時点ではまだ我々が接触するのは早い。続きを話せ」

「はい。ギルドで別れたあと、詰め所に戻った私のもとに随分と機嫌の悪い少年が戻って来ました。聞くと商業ギルドに来ていた高ランクの薬師が少年を蹴り飛ばし、近くにいた警備員に押さえつけられ、受付係とその薬師に散々馬鹿にされたと」

「…………」

「…………」

「そのあと、まともな受付係がやって来て、買取りをしてくれたらしいのですが、Fランクポーション一八本とEランクポーション一二本で銀貨三〇枚だったそうです。市場に出回っている物ならその程度で納得できたのですが、このポーションを見るに査定が正しかったのか疑問が残りました。少年は金額には満足していましたのでそれ以上の追及はしませんでした」

「そうだな。現物を見ていない以上文句も言えん。ギルドが査定を誤魔化《ごまか》すとも思えん。が、その前の行いは看過《かんか》できん。事実確認のあと、厳重に抗議する」

「お待ちください。私もそう少年に伝えたのですが、少年は自分でやり返すと不敵な笑みを浮かべておりました。事実確認後、少し様子を見るべきかと」

「なるほど。そういうことなら様子を見るか。しかし身辺警護に兵を割《さ》くべきだろう。また同じ事態にならんとも限らん」

「……そのことでご報告することがあります。いや、ここからが本番と言えます」

「……続けてくれ」

「はい。私も少年に兵士を派遣するべきと考えたのですが、少年は自分で用意したいと言い、退役軍人や傭兵《ようへい》、冒険者に伝手《つて》はないかと聞かれました。しかし、少年の護衛にそのような者達をつければ逆に襲われるのが目に見えていましたので、奴隷を勧めることにしました」

「――なるほど。竜人の二人に会わせたのだな。どうだった？　少しは好感を持ってくれたか？」

「……少年は竜人を見て、なんと言うか、見惚れてました」

「なに？　いや、それは、……良いことだ、うむ。竜人の方は妹を盾《たて》に取れば頷《うなず》かせることもできるだろう。我が家に紐《ひも》づけるためなら多少は金銭面も優遇しても良かったが、別の奴隷を渡したのか？」

この国サラハンド王国は人間至上主義を掲げる国家であり、王族から平民まで他種族を人間以外の亜人だと蔑《さげす》んでいた。そのため他国に比べ圧倒的に亜人の数が少なく、国民の認識も亜人は人間に攻撃的で冷徹だと思っており亜人への偏見《へんけん》が強かった。

そのため、ヤマトの行為はこの国の人間から見ると酷く歪《いびつ》でマニアックな性癖《せいへき》を連想させることになっていた。

「いえ、それが、竜人の方も少年を気に入りまして」

「…………あの姉妹がか？　人間には絶対に心を開かない兵器のような者達だぞ？」

「はい。私も今までそう思っておりましたが今日だけで既に数回は彼女達の笑顔を見ております。もちろん私に向けられたものではありませんが」

「そのようなことが起きるのだな。ならば多少の交渉には応じよう。少年を連れてくるのだ」

「……それが、少年の方も彼女達のことが気に入ったらしく購入条件を詳しく聞き始めました。すぐに絶望するだろうと思っていたのですが、一つずつ疑問を解消しながら最後まで聞き、私にお金が足りません、と言いました」

「当たり前の話だな。平民に払える金額ではない。だから連れて来てここで交渉をしようと言っているのだ」

「……彼は私が領主の息子だと言い当てました。カマかけもあったみたいですが、貴族だとは見抜いていたようです。そして私に購入代金を肩代わりして欲しいと」

「購入代金はいくらを設定していたんだ？」

「借金の方が三〇億G、購入代金が三億Gです。借金の方は毎月三〇〇万Gです」

「随分と吹《ふ》っかけたな。以前聞いた話では借金が一〇億Gで購入代金は一億Gだったであろう？」

「それでは鎖にならないと感じたのです。……事実、私は負けたかも知れません」

「何があった？」

「毎月の三〇〇万Gは払える算段があるから購入代金を肩代わりして欲しい。交換条件は月に二本のCランクポーションを計一〇〇本になるまで提供を続けるということでした」

「ッそれは、思い切ったものだ。これほどのポーションを時間がかかるとは言え一〇〇本提案できる腕があると言っているのか」

「はい。さらに私が頷かなければ、商業ギルドに、ダメなら別の街に、それでもダメなら他国に。時間をかければお金を用意する算段はありますよ、と言われました。そして優秀なポーション職人が自分から鎖に繋がれると言っているんですよ、と」

「……そこまで理解しているのか。それは本当に少年か？　歴戦の商人のように感じたぞ？　一体何が望みなんだ」

「……私もそう思い何が望みか聞きました。すると」

「すると？」

「竜人ツバキの胸だそうです。真顔で真剣に言われました。全ての乳に貴賤はない、と」

「…………子供かもしれんな」

「はい。見た目通りなのかも知れません。まさか竜人の胸に三三億Gの価値があるとは思いませんでした」

「すると、少年は竜人二人を護衛につけたわけだな？」

「はい。条件通り、この国の住民として登録して、この街を拠点にすることを認めました」

「でかした。それでは立派な家を用意する必要があるな」

「はい。オルガノにいくつか手配するように言っております」

「オルガノであれば問題ないか。これだけの腕前だ。十分な施設を用意して快適に過ごしてもらうとしよう。他の貴族にはまだバレないように手配しろ。国王への報告は儂《わし》がやる。手土産も必要だな。近い内にこの屋敷に連れて来られるか？」

「……本人はあまり目立つのが好きではないようです。貴族の屋敷と言っていい顔をするか……」

「目立つのが嫌いなのは我々からしたら良いことだ。ではその者の家が決まったあとに儂が足を運ぶとしよう」

「ち、父上が参られるのですか？」

「それだけの腕前と言うなら儂も三顧《さんこ》の礼《れい》に倣《なら》うとする。それで我々に好印象を持たせることができれば対価は十分だ」

「分かりました。そのように段取りを整えます。早ければ明日にも家が決まると思います。メイドはどうしましょうか？」

「……他家に繋がっている者は避けねばならぬし、平民では噂をまき散らす可能性もある、か。……ヒロネを呼べ。問題がない範囲で事情を説明しヒロネにメイドをやらせる」

ヒロネはベルモンド家の三女で一六歳の未婚者。花嫁修業を終えておりメイドと同程度の家事はできるとカイザークは考えていた。

「ヒロネで大丈夫でしょうか？　王宮作法と平民の暮らしは違いが大きすぎると思いますが」

「ヒロネには格下貴族に嫁入りさせる可能性もあったから平民の暮らしも教えてある。それにその少年には騎士爵家程度の暮らしはさせるつもりだから問題あるまい。ヒロネを気に入ればそのまま嫁入りさせる。いや、ヒロネには積極的に行動させよう。メルビン、ヒロネを呼んで来てくれ。ザリックは使用人達に仕事に戻るように伝えるのだ」

メルビンはカイザークの言ったことをヤマトがすんなりと受けるとは思えなかった。

しかし見目麗《みめうるわ》しい娘が一つ屋根の下で生活することを嫌がる男はいないだろうと黙って

ヒロネを呼びに向かうのだった。

第三章 ポーション職人

「ひと部屋三名様のご利用で銀貨六枚となりますが、よろしいでしょうか？」

俺達はメルビンさんと別れてからひと騒動を経《へ》て宿屋に辿り着いていた。宿屋は三階建ての建物で一階にはレストランを完備している高級宿だ。

泊まっている客も着ている服装が街中で働いている人達とは違って高級感がある。貴族やそれに連《つら》なる人達や商人が利用しているのかな。

本当は近くに別の安そうな宿もあったけどツバキ達と一緒に泊まるのに安宿では俺のプライドが許さなかった。銀貨はそれなりにあるからね。

シオンには俺が高級そうなこの宿に近づこうとしたところで腕を引かれ、比較的普通の宿を指差されたが笑顔で断った。するとシオン達だけ安宿か馬小屋でも構わないと言い出したので「護衛《ごえい》が離れて寝泊まりしてどうするんだ？」と言ったら諦めてくれた。

ちなみにツバキは良いお酒が飲めそうだから高級宿の方が良いと言ってた。

もちろん護衛のためなので部屋は一つです。ベッドの数は言わないがそこはベテランのフロントマン、アイコンタクトで頷《うなず》いていた。

「はい、問題ありません。食事はどうなっていますか？」

「食事は夕食のみ料金に含まれておりますが基本のメニューとなります。別のお食事がよろしければ別途費用がかかりますがレストランの方でご注文が可能です」

「了解です。メニューを見て考えます。支払いはカードで良いですか？」

「可能です。お食事を別途注文される場合にはレストランの方でお支払いください。宿泊料は先払いになりますのでこちらにギルドカードをかざしてください」

フロントマンが差し出してきた魔道具にギルドカードを近づけるとキンッと甲高《かんだか》い音が鳴りそれで支払いは終わったそうだ。

いくら引かれたのか確認できないのが少し恐ろしいと思っていたら、詐欺《さぎ》や強奪《ごうだつ》をすると犯罪者になってしまうので奴隷《どれい》になりたくない者は一切不正行為をしないそうだ。なるほど、と思っているとツバキが「不正行為と認識されない言い回しや本人の確認不足での被害は普通にありますわよ？」と注意してくれた。

ここの宿代が本当は銀貨五枚だったとして俺の確認不足で一枚多く払っても納得の上での商談が成立しているのでフロントマンが犯罪者になることはないようだ。そもそも犯罪者というのは、人を殺したり度重なる不正を働いたりした者などを管轄《かんかつ》の貴族が判断して犯罪者認定しているらしい。門の詰め所で触れた魔道具は貴族の判断が必要ないほどの重罪を犯した者や、犯罪者認定されている者に反応するそうだ。軽犯罪者は線引きが難しいので除外されるみたいだね。

部屋の鍵を受け取り部屋の確認に行く途中でツバキとシオンに人間の商人や貴族は言葉巧みに騙《だま》そうとしてくるので注意が必要だと念押しされてしまった。二人が奴隷になったきっかけはその辺りにありそうだな。

部屋は二階の階段近くだったので思ったよりすぐに着いた。部屋の中は天蓋《てんがい》付きのキングサイズのベッドが一つと四人掛けのソファーとテーブル、カーテン付きの窓が二つあるワンルームだった。

さすがはベテランのフロントマンだ。部屋のチョイスが良いね。………それ用の部屋なのか？

「荷物を置いたら少し街を歩こうか。夕食まで少し時間があるからね。シオン、身体は大丈夫？」

「はい。問題ありません。あのポーションの効果は凄いですね」

「本当ですわね。奴隷館にいた頃にも低品質のポーションを頂いていましたけど、すぐに効果が切れてましたものね。以前使っていたポーションもここまで長い効果はありませんでしたわ」

「それだけじゃないんですよ、お姉さま！　以前飲んでいたポーションは飲んでも身体に痛みが残っていましたけど、旦那様《だんなさま》のポーションは痛みがほとんどなくなっているんですよ！　もう完治《かんち》したのかなって思うくらいの効果なんです！」

「…………安物しか用意してあげられなくてごめんなさいね」

「ち、違います！　お姉さまを責めているわけではありません！　旦那様のポーションが凄いってだけで、お姉さまには凄くご迷惑をおかけしていると常々思っておりますし、私のせいでこんな立場になってしまって申し訳なく思っています」

「そこは気にしなくて良いですわ。お陰で優しいご主人様に出会えましたもの。これで私は楽して簡単に甘やかされて生活ができそうですわね」

……なんだ？　いまデジャブを感じたような。俺の人生計画も似たような感じじゃなかったっけ？　いつの間にか借金が三〇億G《ゴールド》もあるんだけど？

「もう、お姉さまったら。でも本当にこのポーションを頂いてよろしいのでしょうか？」

「うん、全然問題ないよ。あ、どうせだったらどのポーションがどれくらい効果があったか調べてくれる？　明日渡す分を調整するからさ」

「……主様はポーションの作製道具をどこに置いているのかしら？」

「え？　あー、今から買いに行こうかな？　ツバキ達はそういうの知ってる？」

そう言えばポーションは普通作らないといけないんだったな。二人には魔法のことを教えても良いけど、今後のためにも器具は用意しないとな。どうせだから魔法とは別に自分で作ってみたい。混ぜて出せば金額が倍増するし。

「……一応シオンのために私が作れないかと思い薬師《くすし》のもとに行き平和的に見学させて頂いたことはありますけどよく分かりませんでしたわ。調合比率などは秘伝のため、平和的に交渉しても教えて頂けませんでしたの」

……なんだろう。さっきから「平和的」に違和感を覚えるんだけど。これって気にしたらダメなやつかな？　薬師さんには申し訳ないけどそのおかげで糸口が見つかったわけだから良しとしよう。

ツバキの話では何かの薬草を煎《せん》じたりそれを濾《こ》したり混ぜたり足したりして作っていたみたいだ。うん、分からん。とりあえずお湯で薬草を煎じていたなら薬草の成分を水に溶け出させたら良いのかな？　薬草の種類が分からないと話にならないかなぁ。鍋と手に入るだけ薬草を集めてみるか。

二人は小さな鞄を一つ持っていただけなので それを机の上に置くだけで準備は終わりだ。二人がこちらに来るのを見て俺も部屋を出ようと扉に身体を向ける、と。

むにゅ。ぎゅ。

…………。…………。俺の頭の上に柔らかくずっしりとした何かが乗った。さらに背後から細くしなやかな腕が俺の身体を抱きしめていた。

「……ツバキさん？　どうしました？」

「あら？　振り返らずに分かったのですね？　もう一心同体ですわね」

むにゅん、むにゅん。

頭の上で乳が弾んでいる、だと⁉

「あの、大変嬉しい状態ですが、なぜ僕に抱き着いているのでしょうか？」

「これは竜人族の戦士が対象を護衛する時の構えですの。こうしておくと背後はもちろん、頭上、前面全て防ぎきれますわ」

そ、そうなのか？　竜人族の戦士の護衛方法ヤバいな。でもこれ女性じゃないと頭は守れなくないか？

「お姉さま！　いい加減にしてくださいませ。そんなデタラメを言って旦那様を困らせないでください！」

嘘なの⁉

「あら？　デタラメとは心外ですわ。少し前まで貴女《あなた》にもして差し上げていたでしょ？」

「そ、それは、私がまだ小さい時で、それにそんな方法で護衛しているのはお姉さま以外に見たことありません！」

「それはそうでしょう。これは私独自の護衛方法なのですから。ですが主様にはご好評のようですし、私も胸を支えなくて良いので楽ですわね」

「やっぱり！　胸が重たかったから私の頭に置いていたのですね⁉」

「違いますわ。胸を置くと同時に貴女の身体を支えていたのですわよ」

「そのせいで首が痛くなることもあったんですよ！」

ふむ。察するに最近されなくなったのはシオンの身長が伸びて頭の位置が胸の高さを越えたからだな。そして俺の頭は胸を置くのに丁度いい高さというわけか。

「竜人の娘がその程度で何を言っているのですか。主様はお嫌ですか？」

「……嫌ではない、と言っておこう」

「旦那様？　一時の感情で後々《あとあと》後悔することになりますよ？」

胸の感触を味わうためなら多少の首痛くらい耐えてみせよう。痛くなったらポーションもあるし。それよりツバキにホールドされていることで身体――主に背中が柔らかく包み込まれていて幸せである。確かに頭に乗っかるお胸の重量が結構あるけどこれしきでこの聖域を手放すことはできない。

「身体が痛くなったら帰ってからシオンに看病《かんびょう》してもらうから大丈夫」

「し、しますけど、納得いきません」

おぉぉ、赤くなってもじもじするシオンは可愛いなぁ。ツバキがイジメる気持ちが分かる。

「主様？　私の可愛いシオンで勝手に遊ばないでくださいな。愛《め》でるのは私の仕事ですわよ」

「そんな仕事はありません！　もう行きますよ！　二人ともそんな恰好《かっこう》で遅れないでくださいよ！」

シオンが主人である俺を置いて部屋から出て行ってしまった。もう少し俺も愛でていたかったけど仕方がない。軽く頭を揺すって歩き出すと俺の歩幅に合わせて邪魔にならないようにツバキが歩き出す。シオンで慣れているのかツバキの動きに違和感はない。これだけ密着して動いているのに足が当たったり身体が押されたりしないのが不思議だ。ただし、頭の上ではむにゅむにゅとお胸が形を変えているようだが。どちらにしても俺の動きを阻害《そがい》することはないようだ。これなら街を出歩いても問題なさそうだな。

ツバキに抱きしめられたまましばらく歩いてみたけど思った以上に快適であった。後ろからピッタリと支えられて頭にはマッサージ機能付きの癒《い》やしアイテム。動きが邪魔されることもなくむしろ歩きやすい。そしてツバキから漂う花の香り。うん。癒やされる。

「おいおい、何だあの子供――頭に乳乗せて歩いてるぞ？」

「――羨《うらや》ましい、なんで胸を頭に置いているんだよ」

「……俺ももう少し小さければ」

「ん？　あれ竜人だな。竜人の乳を頭に乗せているのか」

「なんで竜人の胸を頭に乗せているんだ？」

「マニアか？　マニアックな子供みたいだな」

「竜人の乳乗せか。乳押さえか？　変わった趣味だ」

「変わっているなぁ。変態だな」

「変態だね」

「変人ね」

「変質者だ」

……………。……何だか随分《ずいぶん》な言われようだな。俺も向こう側にいたのなら似たようなこと言ってるかもしれないけどさ。

奇異の視線を感じながらも中央区の市場のような所に来たけど、意外と皆さん遠巻きにおっぱいおっぱい言ってるだけで特に蔑《さげす》むような視線は感じないな。……奇異の視線——変人を見るような視線は感じるけど。

「旦那様は大きなお胸がお好きなのですか？」

「胸に貴賤《きせん》はないと思っているよ？　ただ無理《むり》強《じ》いはするつもりないけど」

ツバキにも俺がしろと言ったわけではないからね。ツバキが自発的にやっているだけで。そう、変態でマニアックなのはツバキの方なんだよ？

「私は主様に喜んで頂こうと思っているだけですわよ？」

「……さっき胸を支えなくていいから楽だって言ってなかった？」

「それは副次効果であって本来の目的は主様への信愛の証ですわ。竜人族の女は自身が認めた者以外に肌の接触を許しませんの」

服を着てるから肌が直接触れているわけではないような？　まぁ服なんて関係ないほど密着しているけど。

「お姉さま、何でもかんでも竜人族の慣習みたいに言わないでください。ほとんどお姉さま一人の慣習でしょう」

「あら？　ですが認めた者以外に身体の接触を許さないのは本当ですわよ？　そう言えば私より先に主様に抱き着いていた竜人族の少女がおりましたわね」

「あ、あれは、お姉さまが！」

「普段の貴女なら抱き着かれる前に避けるなり殴り飛ばすなり仕留めるなり吹き飛ばすなりしていたでしょう？」

「そ、それはそうですけど」

認めるの⁉　避けるのは分かるけど病弱なシオンがそんな過激に殴ったり吹き飛ばしたり仕留めたりって、仕留めるって何だよ⁉

「ふふふ、主様？　シオンは病のせいでまともに力が出せないとはいえ、ポーションが切れた状態でもこの国の兵士数十人くらいあしらいますわよ？　体力が持たないので百人までは難しいでしょうけど、竜人族に恥じない戦いは可能ですわ」

竜人族は人型生物の中で自他共《じたとも》に認める最強種族なのだそうだ。ちなみに人間族は下から数えた方が早いほど弱小種族らしいけど、兵器、人数、戦略、知略、そして魔法が全て「平均的」なのだそうだ。

他の種族に対して飛びぬけているわけでもなくバランスよく全てに適性がある人間は高い戦闘力を持っていないにもかかわらず他種族を圧倒しているらしい。肉体的にも精神的にも遙《はる》かに優れている竜人族が人間族に戦争で負けているそうだから頭を捻《ひね》るところだ。

「私でも有事《ゆうじ》の際は旦那様をお守りすることは可能ですからご安心ください。力はあまり出ませんけどポーションが効いている間でしたら一個大隊くらい相手にできると思います！」

この国の一個大隊って兵士三百人以上なんだって。ちなみにツバキは一個師団を壊滅《かいめつ》させることができるとシオンが笑顔で教えてくれた。この国の一個師団は一万人以上みたい。ははは。よく人間滅んでいないね。

「人間族の恐ろしいところは普段は他種族を毛嫌いしている癖《くせ》に戦争になると周辺国の協力を集め、集団戦を仕掛けることに長けていることですわね。兵器や魔法の効率のいい運用。上の命令を忠実に守る指揮系統。一兵卒までがお国のためにと無謀《むぼう》な命令にも従うのは背筋が凍《こお》りましたわ」

……俺の気のせいかな。ツバキが戦争経験者みたいに聞こえるんだけど。二人は借金奴隷だったよね？

「お姉さまは今の私くらいの時に初陣《ういじん》に出ていますよ。この辺りの国で殲滅《せんめつ》のツバキと聞いて震え上がらない将校《しょうこう》はいないと聞きました」

「私も初陣の時は気持ちが焦《あせ》ってしまい体力配分が分からず千人程度しか倒すことができませんでしたわね。それからは経験を積んで力の入れ時と抜き時を学びましたわ。今なら統制の取れた一個師団でも相手にできるはずですわ」

……うーん、なんというか。ま、いっか。護衛としては文句なしに優秀ということで。メルビンさんは理解しているんだよな？　俺の手元に一個師団に匹敵《ひってき》する戦力があるってこと。

ポーションブースターで半永久活動が可能な不死の戦闘マシーンの爆誕だな。

「俺と二人に被害が出ない限りは先に手を出したらダメだからね？」

「心得ておりますわ。いざという時は足を使いますし、人間の目では捉えることができない速度で拳を振るえますからご安心くださいな」

「……護衛方法に関してはツバキに任せるよ。この国で問題にならない程度に対応してくれ」

この国の常識も分からないし俺が日本人の感覚で言ったらツバキが混乱するだけだろうからな。ツバキに丸投げしよう。

「了解しましたわ。死人に口を利《き》くことはできませんし問題ありませんわ」

………俺はツバキを信頼する！　ヤバそうでも生きていたらポーションで治るだろう！　きっと！

「あ！　ヤマト様！　見つけました！」

「うん？」

ツバキ達と街中を歩きながら着替えを買ったりツバキの言っていたことを元にポーションを作る機器を買ったり、荷物を入れるためのリュックを物色したりしながら歩いていると女性の声が通りから聞こえた。この街で俺の名前を知っている女性はツバキ達を除けば一人しかいないいか。

「ミリスさん。どうかされましたか？」

「はい。先ほどのポーションの査定について誤りがありまして謝罪と補塡金《ほてんきん》を渡そうとお捜ししておりました。……ところでそちらの方々は？」

まぁ常人なら会話の最中も胸を頭の上に置いて抱き着いている人がいたら気になるよね？　というかツバキさん。知人と会話する時くらい離れようよ？

「私は主様の護衛です。貴女が危害を加えるつもりがないのであれば私のことは気にしなくてよろしくてよ？」

いや、普通は気にしますよね？　ツバキの表情は俺からは見えないけど真剣な表情でそれ言ってたら笑っちゃうからね？

「護衛。やはり先ほどの件で。しかしヤマト様はこの街に来たばかりで資金もないと言ってませんでしたか？　奴隷を購入するほどの、まして竜人族の女性を二人もとなると並みの金額では……」

ツバキのことはスルーするのね？　護衛ということで納得しちゃうんだね、この世界の人達は。

「ええ。ですからいきなり三〇億Gの借金を背負っちゃいました。でも彼女達がいれば寂しくもないですし、安全面も間違いないでしょうから」

「…………三〇億？」

あれ？　ミリスさんの顔がヒクついているような？　まぁ俺も法外な値段だと思うけど。そういや普通の奴隷っていくらくらいなんだろ？

「主様に損をさせるつもりはありませんから貴女が気にすることではありませんわよ？　あぁ、そうでしたわ。主様から商業ギルドでの出来事を聞きまして商業ギルドの方に会ったらぜひとも言おうと思っていたことがありますの。『ありがとうございます。貴女達のおかげで素晴らしき主に出会えました』と。安心なさって。今後は私達がいますから愚族の蛮行を見逃すことはありませんわ。ギルドとは違って」

「ッ⁉　ヤマト様、その節は大変なご迷惑をおかけ致しました。当ギルド、副ギルド長も謝罪をしたいと言っております。ぜひギルドにお出で頂けませんか？」

「いやいや、ギルドに謝罪してもらおうとは思っていませんよ。キチンとそちらの流儀に従って活動をしようと思っていますし、副ギルド長に時間を割《さ》いて頂くほどのことではありません。ギルドには明日ポーションの買取りで伺いはしますが、それ以外で頼るつもりもありません。あぁ、今回の謝罪ということであれば一番窓口の受付係を別の人にして欲しいですね。期待はしませんが」

　俺が敵対認識しているのはセルガと一番窓口の受付係だけだ。それにランク差別があるギルドには特に期待していない。ポーションの買取り以外は街の店や市場でも代用が利くみたいだしな。

「窓口は既に別の者が対応するようにしております。ヤマト様の買取りに関しましても専属スタッフをご用意する準備があります」

「いらないですよ？　僕はキチンとそちらの流儀に従うと言ったでしょ？」

　特例で専属スタッフを配置されても目立つだけだろう。ポーションは毎日売るんだからランクはその内上がるだろうしな。

「で、では、先ほどの謝罪と査定の誤り分としてこちらを」

「いりません。謝罪を受け取るつもりはありませんし、先ほどの査定額で満足していますから。今後も同等の査定で構いません」

これってあれだろ？　セルガの横暴《おうぼう》を金でなかったことにしろってやつでしょ？　受け取りませんよ？　ただ今後の商品査定を下げたりしないで欲しいけど。まぁ、いよいよになったらメルビンさんに言って別の街で売ってもらおう。そう言えばメルビンさんに直接ポーションを売ったわけだけど良かったのか？　……良いことにしよう。現金の直接のやり取りはしてないし。

「そ、そんな……。それでは副ギルド長が納得しません。ギルドまで一緒に来て頂けませんか、お願い致します」

うーん。金を受け取るわけにはいかないけど、このままじゃミリスさんが副ギルド長から怒られることになっちゃうのか。あのギルドでただ一人の常識人がいなくなるのは避けたいし、話だけはするか。

「分かりました。では明日ポーションを持ち込む時に副ギルド長と面談します。ただしお金を受け取るつもりはありません。それで良いですか？」

もうすぐ夕方になるし今からギルドで話なんてしてたら遅くなるからね。いい加減腹が空いてんだよ。これでも引き下がらないならミリスさんも敵だ。飯の恨《うら》みを知るがいい……。

「っ、わ、分かりました。で、では明日、お待ちしております」

これ以上交渉《こうしょう》の余地《よち》はないと悟ったのかミリスさんは頭を下げて帰って行った。うん、俺の迫力が伝わったみたいで良かった良かった。飯の恨みは怖いからね。

「主様、邪魔者はいなくなりましたし、そろそろ帰りましょう。夕食の時間ですよ」

「そうだね。シオンは他に見たい物はないかな？」

「はい。また別の日に連れて来てくださると言って頂いたのでその時の楽しみにします」

健気だ。良い子だ。ツバキにも見習わせたいところだな。

「ふふふ、私達はよく似た姉妹でしょう？」

「……否定はしないでおこう」

姿は似ているし普段の雰囲気も似ているんだよね。ただ口を開くとツバキから気品《きひん》が漏れ出していくけど。

※

「それで竜人の眼光に恐れをなして逃げ帰ったわけか？」

「……はい。申し訳ありません」

ヤマトと別れたミリスは急ぎレベッカのいる商業ギルドに戻り、事の顛末《てんまつ》を報告していた。

「金を受け取るつもりはない、謝罪を受け取るつもりはない、こちらの流儀に従う。……。……三〇億Gもの借金を負ってまで竜人族の護衛を雇っての物言い。これは、宣《せん》戦布告《せんふこく》か？　あぁ、竜人の眼光を恐れた件は気にしなくて良いぞ。誰でもそうなるからな」

レベッカは報告内容を頭の中で繰り返し再生して事態の把握に努《つと》める。そして頭を抱える。

せっかく見つけた最高品質のポーションを作り出すカギ、本当に最悪の場合は強硬手段も辞さない覚悟を持っていたレベッカだったが、竜人族の姉妹の話を聞き、それがいかに愚かなことか悟る。そしてそれほどの戦力を用意するヤマトに畏《い》敬《けい》の念《ねん》すら覚えた。

「青い瞳に水色の髪の竜人族の姉妹だったんだな？」

「はい。間違いありません」

レベッカには商業ギルド副ギルド長としてこの街の情報がほぼ全て入ってくる。貴族でも知らないことを知っているこの街のフィクサーと言っても過言ではなかった。レベッカは竜人族の姉妹の話ももちろん知っていた。領主カイザークの虎の子であり弱みでもある姉妹。

かつて戦場でその名を知らぬ者なしと言われた殲滅姫《せんめつき》ツバキ。戦争が終わり闘技場に姿を現した殲滅姫は連戦連勝、闘技場の無敗記録を更新し続け、人種では相手にならないと魔獣や魔物を相手に闘うことになるが大型獣との闘いにおいても全勝。そして複数の魔物を相手にさせ、休む間もなく連戦を強《し》いる――もはや闘技場のルールを逸脱《いつだつ》した殺戮《さつりく》ショーでさえ彼女は無傷で勝ち続けた。

八〇〇戦無敗。ただの一度も傷を負わず闘技場をあとにした彼女は伝説として語り継がれていた。

（アレとの敵対だけは絶対にできない。なぜ少年に従っているのか分からない。あれは人が制御できる生物なのか）

レベッカは以前闘技場でツバキを直接見る機会があった。その圧倒的な力と強さ。個人でありながら軍に匹敵《ひってき》する化け物。人の世の理《ことわり》を越えた頂《いただき》に存在する者。人に従うような存在ではないとレベッカは認識していた。そうでなければ商業ギルドの財を投げ打ってでも手に入れていたほどの人物だ。

（領主が他国に黙って手中に収めているって噂は聞いていたが、まさか護衛として売り出すとは）

レベッカはカイザークがツバキを手中に収めたと情報で知った時、この街は滅ぶと本気で思っていた。街の顔役として遠回しに手を仕向けたがカイザークはツバキ達を手放さなかった。何か裏があると思い調べている最中の出来事であり、レベッカは頭を抱えることしかできなかった。

「明日、ポーションを売りに来ると言っていたな。料金も今回と同額で良いと」

「はい。金額には満足していると」

中品質や低品質であれば十分満足のいく金額だとレベッカもミリスも理解している。しかし現物はこれまでにたった一人の賢者しか作り出すことができなかった最高品質。それが量産できたとしても作り手が一人であれば供給は追いつかない。

現在あるポーションは中品質で半年、高品質でも一年が使用限界とされている。劣化しないポーションであれば軍や関係各所が挙《こぞ》って欲しがる。現に今ある遺跡から発掘された数点の最高品質ポーションは王城の宝物庫に保管されているのだ。

(もし最高品質の作製方法が確立しているとしたら弟子入りを希望するポーション職人はあとを絶たない。ギルド長、いや、ベアトリーチェ卿《きょう》でさえ頭を下げ教えを乞《こ》うはずだ。そしてその相手が成人すらしていない少年だと?)

レベッカが頭を抱える要因の一つがミリスが街でヤマトを捜している間に調べさせたヤマトのギルドに来るまでの足取りだった。門番のもとにも人を派遣してメルビンが不在であったことも幸いして詳しい内容を聞くことができた。

（師匠は既に亡くなっている。Cランクポーションを作り、さらには魔獣の森を越えることができるだけの魔除けの薬まで作り出せたと。我々は人類の宝を失ってしまったということか。しかしその少年は既にポーションを作れると言っていたらしい。自分が作ったポーションを売りたいと発言していたとも聞いた。最高品質のポーションを作り出す技術を既に体得しているということだろう。その上で金額に満足していると）

「その少年はポーションの金額を知らないのか？」

「恐らくは。もしかしたら自分が最高品質を作りだしていることも分かっていないのかも知れません」

「可能性は否定できんか。帝国領の端の端、魔獣の森の傍《そば》にある集落で生活していたそうだからな。ポーションを作れるのは師匠だけだっただろうから師匠が最高品質を作っていたのなら自分が作っているポーションに違和感はなかっただろう。しかし、そうなるとなぜ金を受け取らないんだ？」

「……謝罪も受け取らないと言われました。当ギルドに加盟している薬師から暴行を受け、助けるどころか逆に拘束され酷《ひど》い罵《のの》りを受けたようですし、さらには薬草を買おうと窓口へ行くと売らないと言われた……。ギルドに不信感を持っていてもおかしくありません。謝罪や金銭を受け取るということはこれらの事態全てがなかったことになると思われたのでは？」

「ギルドの不祥事《ふしょうじ》を金でなかったことにされようとしていると考えたわけか。あながち間違ってもいないがな。明日、謝罪金として金貨五枚、ポーション代金の不足金として金貨一五枚を別々に渡そう。受け取り方で考えが読めるだろう」

「ポーション代金は金貨一五枚でよろしいでしょうか？」

「ああ。今回受け取らなかったのだから文句を言われる筋合いはない。それに今後も最高品質を持って来てくれるとなるとさすがに金額を調整する必要がある。しばらくは問題ないが月の生産量次第では金額をさらに下げる必要もあるかもしれない。取り急ぎギルド長とベアトリーチェ卿に最高品質ポーションを送ったが、返事が来るのにも時間がかかるだろう。しばらくは私が対応する必要があるか」

（あとの問題はギルドの流儀に従うとの言葉か。謝罪を受けないのはギルドに従うつもりはないということ。ギルドのやり方に従う。まさかクズ貴族やリンダのやり方がギルドの流儀だと思っていないだろうな。権力があれば好き放題できる流儀に従うと言うなら少年は権力を手に入れるつもりか？　ッ、まさかそのために領主に謁見《えっけん》して竜人族姉妹を手に入れたのか⁉　竜人姉妹は領主が後ろにいるぞという意思表明、少年は既に貴族側に肩入れしたのか！　それはマズい、絶対にマズい！）

「——今から領主に会ってくる」

「え？　今からですか？　ですが既に日は傾いておりますよ？　会って頂けないので

は？」

「いくつか切り札はある。すぐにでも確かめなくては取り返しのつかない事態になりかねん」

「は？」

　商業ギルドは王国に属した組織ではない。ベアトリーチェが周辺国と和平を結ぶおりに各国の領地を拝領したので、その各国間で薬の流通を可能にするために組織した商業圏である。今ではポーションだけではなく、様々な物資がやり取りされて各国の主要都市にも商業ギルドが置かれている。商人は商業ギルドに登録せねば自由に国を越えることができないため、ほぼ全ての商人が加盟する一大組織となっている。

　貴族からしたら目障りな組織ではあるが既に生活の一部にまで浸透している商業ギルドをどうにかできる国家はなく、ベアトリーチェを頂点に商業ギルドと王侯貴族は対等な関係を求められていた。

　そしてベアトリーチェが最も大切にするのがポーション職人である。積み上げてきた研鑽《けんさん》と技術は替えの利かない素晴らしきものであり、戦争利用など以ての外であると。薬師を貴族が雇うことはあるが、ポーション職人は商業ギルドからの派遣以外では許可されていない。それもベアトリーチェの承諾《しょうだく》がなければ許可が下りることはない。

　しかし例外として薬師の頃から貴族が専属として育ててきたポーション職人に関しては貴族側が所有権を主張することができる。未熟な時から高価な機材や材料を与えて教育しているのだから当然の権利であった。

そこで問題になるのが、現在Fランクの薬師であるヤマトの存在であった。

本来であれば最低でもCランクのポーション職人を名乗る権利があるヤマトだが、現在の状況で面談もなしにヤマトを昇格させるわけにはいかなかった。

そのため、レベッカはカイザークのもとに行きヤマトは自分達が先に目をつけた期待の新人であり、手を出すなと直接勧告する必要があった。

もしカイザークにヤマトの身柄《みがら》を押さえられてしまえば商業ギルドからは手出しが難しくなってしまう。商業ギルドに在籍している以上、あからさまな違法行為が行われた場合はヤマトの身柄を保護することができるが、それを理解しているカイザークがヤマトを手荒に扱うことはない。

そうなると商業ギルド側からは手出しができなくなり、商業ギルドに在籍している薬師やポーション職人がヤマトに弟子入りを望んだとしても全てカイザークが判断してしまうことになる。優れた技術を持つであろうヤマトの技術が貴族側の薬師達に独占され、商業ギルドと貴族とのパワーバランスが崩れてしまいかねない。

そして、ベアトリーチェを始めとした高ランクポーション職人がヤマトの存在を知り、最悪は戦争へと発展してしまう可能性もあった。

(貴族側に押さえられたらギルド長にどんな目に遭わせられるか想像もできない、絶対に阻止《そし》しなければ！）

慌てて執務室を出て行くレベッカを見送り、ミリスは一人ギルド内で暴行事件を起こしたセルガへの処罰と、それに加担したリンダの処罰の草案を作成するのだった。

※

「ゴホゴホ、旦那様、申し訳ありません」

ミリスさんと別れてから高級宿ならではの豪華な夕食を楽しみ、部屋に戻ろうとしたところでシオンが倒れてしまった。ポーションの効果が切れたみたいだ。渡していたポーションを飲むように言ったのだが、連続して飲むとポーションに慣れて効果が減ってしまうので数時間は間を空けるとのことだ。

普通の病人であれば連続して飲んでも悪影響はないのだが、邪神の呪いによって完治《かんち》しない病にかかっているシオンは常に連続で飲むわけにはいかないそうだ。

怪我《けが》の場合は傷を癒やす効果が薄れることはないのだが、シオンの場合は身体を蝕《むしば》んでいる呪いを押さえるためにポーションを服用しているので効果が減ってしまう恐れがあるそうだ。

ツバキは慌てた様子もなく慣れた手つきでシオンを抱きかかえたので急いで部屋に戻

りベッドに寝かせることにした。

「気にしなくていいよ。それより連続で飲めないのならもっと効果が強いポーションの方が持続時間が長いのかな？」

「先ほど頂いたポーションでも十分すぎるほどの効果でした。普段飲んでいたポーションは三〇分も持ちませんでしたから」

それは酷いな。連続で飲めない上に三〇分も持たないって……。俺が渡してから四時間くらいは経っていると思うけど、さっきのがDランクポーションだから普段はCランクポーションかBランクポーションを渡すかな。明日の朝にAランクポーションを飲ませてみて完治するか試してみよう。どうせ高ランクポーションは売り先もないからね。毎日の制限もあるし作って保管するか、シオンに飲ませるかしかないから問題ない。

「主様、奴隷館で頂いていたポーションはGランクかFランクポーションの低品質だったと思いますわ。先ほど主様がシオンにくださったポーションはもしかしてDランクポーションだったのではありませんか？　それも高品質の……」

「品質は知らないけどDランクポーションだよ。明日からはCランクポーションを渡すよ。効果時間が延びるといいけど」

ポーションのランクはGランクまであるんだったな。メリリから聞いた作製できるランクはFからSまでだったけど。そういや使徒になったらSランクも作れるようにしてくれるって言ってたなぁ。できれば遠慮したい所だけど。

　ギルドでも品質が良いとか言ってたけど、どうなってんのかね。女神様《めがみさま》の作った魔法で生み出されているんだから高品質なのは間違いないよね？　明日ギルドで聞いてみるかな。

「……主様、実は奴隷館で貴族の方と話している内容が聞こえていたのですが、Cランクポーションは月に二つが限界だったのでは？」

　え？　……会話が、聞かれて、いた？　──俺、確か二人を買う理由に「強いて言うならツバキさんのお胸でしょうか」って言ったような。

　──だからツバキが俺に密着したり頭に胸を置いたりしているのかぁぁぁ！

　そうとも知らずにたまに頭を揺すって胸の感触を楽しんでいた俺って……………ヤバい恥ずかしい！　ツバキ達の顔をまともに見られない⁉

　そういえば奴隷商でツバキ達の部屋に戻った時にツバキが俺を見てニヤニヤしていた気ががが。いや、されること自体は嬉しいんだよ？　ただ男同士だからと思って言ったことを女性に聞かれていて温かい目で見られるのは耐え難《た がた》い羞恥心《しゅうちしん》が。

「旦那様、お姉さまは別に旦那様が言ったことを聞いたから胸を乗せていたわけではありませんよ。あれはただ楽がしたいがための行為です」

「そんなことはありませんわ。主様が私と同じことを望んでいると聞いたからやったのですわ。自分の姉を変態のように言わないでくださいな。それで主様、妹のためとは言え主様が貴族の方との契約を違えるのは見過ごせませんわ。今までも低ランクポーションでやり繰りしてきましたの。ですからFランク、良ければ低品質のEランクポーションを頂ければ私達との約定《やくじょう》も違えませんわ」

「……うん？　あぁCランクポーションについては問題ないよ。日に四本は作れるから。メルビンさんに月二本って言ったのは作るのが難しいと思わせるためだよ。あと一〇〇本納品するのに時間がかかると思わせれば契約に頷いてくれると思ったからね」

誰も毎月二本納品の五〇か月かけての納品とは言ってないよ？　貴族側の動きが怪《あや》しくなりそうならさっさと一〇〇本納めて契約を終わらせるよ？　ひと月で一〇〇本以上作れる計算だから順調に溜めればひと月後にはノルマ達成だね。

借金に関しても毎日今日と同じ量のポーションを持っていけば月に九〇〇万Gになるし、たまに高ランクポーションを交ぜればそれ以上の売上だからね。それに自分で実際にポーションを作ってみようとも思っているから、その分も上手《うま》くいけば追加収入だ。

「……日に四本も、可能ですの？　私は薬師にはあまり詳しくはありませんけど」

「うん。そこは問題ないよ。ただ納品の分を確保したいからCランクポーションは一日一本にして、Dランクポーションを数本渡すよ。それでやり繰りしてね。使うタイミングは二人に任せるけど、もったいないとか我慢できるとかはなしの方向で。Cランクポーションは一日一本必ず使うこと。いいね？」

　病気なんだから薬を毎日飲むのは当たり前だよね。……俺は医者じゃないけど、今は薬師だしこの世界では医者みたいなもんだろう。副作用もないなら飲んだ方がいいはずだ。

「ありがとうございます」

「感謝いたしますわ」

「よし、それじゃこの話は終わりだね！　えーと、あ、そうだ！　ツバキとシオンも外を歩いて汗かいただろ？　水とタライをもらってくるから身体を拭《ふ》きなよ。俺は下の共同スペースで済ませるから」

　内緒話を聞かれていたと知った今、二人と一緒にいるのは少々気まずい。少し時間が欲しいです。ちょうどフロントマンに教えてもらったことを思い出したので活用させて頂こう。

　フロントマンから聞いた話ではこの宿にはお風呂がないそうだ。いやこの国で風呂を備えつけているのは王族や貴族の屋敷くらいなものらしい。一般的には濡らしたタオルで身体を拭くだけで済ませるそうだ。

　……日本人としては受け入れがたい文化だな。湯舟《ゆぶね》とは言わないからシャワーをくれ。

「そんな、そのように旦那様のお手を煩わせるわけには――」

「いいからいいから。あー、悪いけどツバキは水とタライを受け取りにフロントまでついてきて。シオンの世話は任せるよ」

普通は宿の共同スペースの軽く仕切られた浴室で身体を拭くのだが、若い女性やお偉いさんは自室で行うためにタライをレンタルするそうだ。本当は俺もむさ苦しそうな共同スペースなど使いたくもないし、ツバキとシオンに優しく拭いてもらいたいところだけど、俺のチキンハートはまだそこまでのプレイをするにはレベルが足らないようだ。

咳き込みながら食い下がろうとするシオンを寝かせてツバキとフロントに向かいタライとタオルを借りる。熱の魔石《ませき》と呼ばれる水を温める石もあったので二人のタライに放り込んでおく。

支払いはギルドカードで済ませるけど残金がいくら残っているのか不明だ。さっき街中でも買い物をしたのだが、銀貨やギルドカードで支払いをしているとお金を使っているって気がしないから欲しいだけ買っているんだよね。どうせ明日にはまた補充されるしな。……言葉にするとすげぇブルジョアになった気分だ。そんな感じはしないのに。

ツバキと別れて共同スペースに来たが思ったより綺麗《きれい》だった。プールの更衣室のような場所で今は俺の他に二名が使用しているみたいだ。

一畳分くらいのスペースで仕切りが備えてあるけど、これでシャワーがあったらシャワー室だよね。ないからタライに水を入れて持って来ているんだけど。

自分のスペースで服を脱いで身体を濡らしたタオルで拭く。……異世界っていうよりどこぞの発展途上国に旅行で来た気分になってきた。身体が小さくなっているけど。——そう言えばまだ鏡を見ていないな。ツバキ達が普通に接してくれているしブ男ってわけじゃないだろうけど。

「よお、兄ちゃん。一人かい？」

突然男の声が聞こえてきたので周りを見渡すが覗《のぞ》かれているわけではないようだ。壁越しに声をかけてきたみたいだな。

他にも人がいたはずだし俺に声をかけたとは限らないのでスルーしよう。

「おいおい、返事くらいしてくれてもよくねぇか？　別に襲おうってわけじゃないんだからさ」

服を脱いで生まれたままの姿の状況でその発言はダメだろ。背筋がゾワッとしたぞ。地獄耳のツバキなら助けを叫んだら駆けつけてくれると思うけど、そのような事態には絶対になりたくない。

……仕方がない。ここは。

「知らないおじさんと話したらダメってパパとママに言われているの」

伝家の宝刀、子供のフリ。……いくら子供になったとは言え、今の身体でも一二歳から一五歳くらいだから年齢的に抜けない宝刀な気がするけど。

「なら大丈夫だ！　俺はお兄さんだからな！」

あー。本格的にダメな人かも知れないな。さっさと服を着よう。くそ、憩《いこ》いの時間ってほどじゃないけど邪魔されるのはムカつくな。

……。でも子供のフリはスルーされた？　俺の見た目ってそんなに幼いの？

「うん？　兄ちゃん、身体はしっかりと拭かないとダメだぞ？　清潔にしないと女の子に嫌われるぞ？　はっはっは！」

うぜぇ。なんなんだよこいつは。なんの目的で声をかけてきたんだ？　嫌がらせ？

……俺がセルガと揉めたことが街中で噂になっているってことはないよな？　暗殺はないにしても徒党を組んでヤキを入れるとか時代錯誤な真似しないだろうな。

「そう警戒しなくても大丈夫だ。俺はBランク冒険者チーム『絶刀《ぜっとう》』のバラスだ。チームの名に誓って変な真似はしねぇよ」

Bランク冒険者ねぇ。そう言えば薬草を集めるのに冒険者に依頼を出すのも一つの手段って聞いたな。Bランクなら結構上の冒険者だろうし、あまり無下にもできないか。

不本意だが。

「……何か用ですか？」

「用って程でもないんだが、営業の一環だな。この街で見ない顔だし、この宿屋に泊まれるってことはそれなりの金持ちだ。貴族の子弟《してい》には見えないしそれなりに上手くいっている行商人の息子だと見たね。俺達のチームは護衛依頼や魔物の部位指定の討伐依頼も請け負っているから親への顔繋ぎを頼みたいんだよ」

なるほど。大外れだな。親はいないし依頼内容も見当違いだ。

「残念ながら親はいません。それに行商人じゃなく薬師です。薬草採取なら依頼しますけど？」

「なんだハズレか。でもこの宿屋に泊まる薬師っていうならそれなりに名の知れた薬師の弟子か？　領主様に呼ばれてきたのか？」

「この街に来たのは俺一人ですよ。とはいえ護衛はいますけどね。領主様どころか貴族全般と関わり合いたくないです」

「ならいよいよもって俺達の出番はなさそうだな。薬草集めは低ランクの仕事だし、俺達が動くには依頼料が足りないからな。ま、機会があったらどっかの街に行く時にでも護衛依頼でもしてくれよ。高いけどな」

高級宿らしいこの宿にパーティーで泊まれるくらいには稼げているんだろうから凄腕なんだろうな。ツバキ達がいるから護衛を頼むことはないだろうけど、高名な冒険者に嫌われて他の冒険者にも目をつけられるわけにもいかないか。

「その時はぜひお願いしますね。……お兄さんはここに来る人に営業をしているんですか？　冒険者ギルドに依頼はないんですか？」

わざわざ服を脱いで無防備になっているところで営業とか頭を疑いそうだ。冒険者ギルドに依頼がなくて暇だから自分達で仕事を探しているってことなのか？

「いや、ギルドに行ったら色々斡旋《あっせん》してくれるぜ？　俺がここで粘っているのはたまに貴族の侍女《じじょ》が身体を拭きに来ることがあるからそれを狙っているんだ。営業はついでっつうかカモフラージュ？　みたいなもんだな。あぁ、これ内緒な？　その代わり冒険者ギルドで薬草集めを依頼するなら腕の良い新入りを紹介してやっからさ」

……思った以上にゲスいヤツだった。仕切りがあるとはいえ覗こうと思ったら覗けるような場所だ。男女で分かれてもいないし女性には利用し辛い施設だな。こんな男もいるし。貴族の侍女なら部屋でってわけにもいかないのかな？　身だしなみを整えるために止むなく来る女性の裸を覗こうとしているのか。大した高名だな。ツバキ達は絶対に来させないようにしよう。

「今日は誰も来ないみたいだからそろそろ戻るかな。昨日来ていたどこぞの貴族の侍女はチラッとしか見えなかったけど胸がデカくて興奮したんだけどな。また拝みたかったけど、残念！　うははは！」

自称高名な冒険者らしい男が高笑いしながら出て行ったようだ。うーん、俺が言うのもなんだが、最低な男だな。いや、俺はツバキが勝手に乗せてくるからギリセーフだろ？　ちょっと不必要に頭を動かしたり傾けたりしているけどツバキが嫌がっていないし問題ないはずだ！

「…………まったく、冒険者とは本当に野蛮《やばん》で下品《げひん》です。この宿の質も落ちたものですね」

着替えが終わって仕切りスペースから出ようとしたところで女性の声が聞こえてきた。視線を向けると綺麗な女性が湿った髪をタオルで押さえながら歩いていた。特筆すべきはそのたわわに実った胸部だろうか。服の下にメロンを入れていそうな上品な女性がそこにいた。

あの変態野郎、狙っていた女性がいることに気づいてなかったみたいだな。女性の気配の殺し方が上手いのかBランク冒険者の実力がその程度なのか悩むところだ。

女性が部屋を出て行くのを確認してから俺も部屋を出る。一人になったとはいえ、再度服を脱いで拭こうとは思わなかったからね。明日まともな家が見つかるといいな。できれば浴槽《よくそう》があるといいけど。

※

「他に気になるところはありますか？」

　ヤマトと別れてタライにお湯を入れて部屋に戻ったツバキはシオンの身体を起こし身体を拭いていた。邪神の呪いによって全身に激しい痛みが絶え間なく続くシオンは自分では満足に身体を動かすこともままならなかった。

　危機に対して僅《わず》かな間動くことは可能だが、それを行った場合はその後の反動は計り知れない。そのため、シオンは普段の生活をツバキに頼り切っていた。

「大丈夫です。ゴホゴホ、私は良いのでお姉さまも急いでお拭きになってください。旦那様が戻られてしまいます」

「あら？　その方が主様にとってはよろしいのではありませんか？」

「お姉さま？」

「ふふふ、はいはい。分かりましたわ。シオンはすっかり主様に心酔しておりますのね」

「ゴホゴホ！　そ、そんなことは。ただ竜人の私達にあんなにもまっすぐな好意を寄せてくれる人間族がいるとは思いませんでした」

　ツバキとしてもその点に関しては同意見だった。人間族、特にこの国の人間は人間至上主義を掲げているため亜人差別《あじんさべつ》が強い傾向にあった。そのため、竜人族の二人が今まで奴隷商で面談した者達は皆ツバキの高い戦闘能力にのみ目が行き、足枷《あしかせ》のついた道具のようにしか見ていなかった。

　領主の関係者は一定の節度《せつど》を持って対応していたが、その胸の内にある亜人差別は当

人達が気づかない部分で露《あらわ》になっていた。

「そうですわね。邪神の呪いと聞いてもまるで気にせず、むしろ不憫《ふびん》に思ってくれるとは思いませんでしたわね。それにあのような高価なポーションを躊躇《ためら》うこともなく差し出してくれるとは思いませんでしたわ」

邪神の呪いは竜人族では初代龍王の血を最も強く引いた者に発現する呪いとされていた。竜人族の中では尊き血を受け継ぐ先祖返りの証として敬われるのだが、竜人族以外の種族では邪神の呪いはどういった経緯で発症するのか分からず、感染の疑いもあるとして隔離されることが一般的であった。治療や状態を調べようにもその想像を絶する痛みに竜人族以外の種族では数日持たずに死に至るため、手の施《ほどこ》しようがないのだ。

そのため、人間の国では発症から数日で死に至る不治《ふじ》の病《やまい》として忌《い》み嫌われる対象となっていた。

「あのポーションは本当に凄かったです。ゴホゴホ、いつも飲んでいたポーションは多少痛みが治まり数分は動けるようになるだけでしたけど、旦那様のポーションは身体の芯《しん》に僅かに痛みが残るだけで普通に動くことができました。ゴホゴホ、効果時間も凄く長かったですし治ったと勘違いしてしまうところでした」

領主やその家臣はツバキから事情を聞き邪神の呪いは感染しないものだと理解していた。その上でポーションが治療に役立つということで低ランクのポーションを支給することでツバキの助力を得る約束をしていた。

ツバキの名はベルモンド領があるレイゴリット地方では広く知られていた。隣の国である帝国では知らぬ者がいないと言われるほどの人物であり、小競《こぜ》り合《あ》いの抑止力になると、領主であるカイザークがある取引で引き取った経緯《けいい》があった。

「あれほどのポーションを惜しげもなく提供できる度量には感服《かんぷく》しましたわ。それに恐らくですが主様はあれ以上のポーションを生み出す術があるのでしょうね。お金に関心も少ないようですし信頼には誠意で応えてくれる方だと見受けましたわ」

「ふふ、お姉さまがそんな風に仰《おつしや》るなんて初めてですね。でも確かに旦那様には他の人間族にはない魅力を感じました。お姉さまが怪我をした時も本当に怒っておられましたし」

「ええ。私もビックリしましたわ。この枷の効果を知りたかったので怪我は覚悟していましたけど、まさかあれほどの威力があるとは思いませんでした。それに貴重なポーションを使えと怒られるとも思いませんでした。シオンにも心配をかけてしまって申し訳なかったですわね」

竜人族の中でも上位に入るツバキは肉体面では他種族を遙かに圧倒している。量産品の剣で斬ってもその肌に傷をつけることはできない。闘技場での戦いでツバキに一撃を入れた猛者《もさ》は存在していた。しかしその一撃はツバキに傷をつけるには至らなかった。

八〇〇戦無敗、無傷の勝利とはツバキの圧倒的な防御力と、とある特性によって実現されていたのだった。

そしてツバキは自身のその防御力を誰よりも理解していた。拘束具をつけられてもなんの意味もないと確信していた。しかしツバキ達がつけている拘束具は天才鍛冶師べオリグスと偉才魔道具師ヘルカテリーゼが生み出した、ドラゴンを拘束するための拘束具を小型化した大陸に数点しかない貴重な魔道具だった。

装着者の持つ魔力を使用して発動し、体内の魔力を暴走させ装着者の内側から破壊するため、ツバキの圧倒的な防御力でさえも意味をなさなかった。

「私に謝罪は必要ありません。旦那様が罰し許した以上この件でとやかく言うつもりもありません。でも無茶は止めてください」

「もちろんですわ。同じ失態は繰り返しませんわ。私は貴女達を守る盾ですもの」

ツバキは妹であり類まれなる先祖返りのシオンを家族として、そして竜人族が崇《あが》める至高の存在の生まれ変わりとして見守ってきた。闘技場で戦ってきたこともシオンの病を治すために高価なポーションを欲したことがきっかけだった。

そして自分の失敗によってシオン共々奴隷になってしまったことに強い後悔の念を持っていた。満足にポーションを飲ませることもできなくなってしまった現状をどうにかしたいと焦《あせ》る一方で自分達に相応しい主が現れないことに絶望していた。――そんな時に現れたのがヤマトであった。

「お姉さまも随分と旦那様に心酔《しんすい》されておられるようですね？」

ツバキはこれまでシオンを最上に置いて次にシオンを守る自分を位置づけ、遙か後方に同胞、さらに下に他種族を位置づけていた。

奴隷商でヤマトからポーションをもらった時にはシオンのために利用できると考え、自分の次にヤマトを位置づけていた。しかし現在のツバキはシオンの次にヤマトを位置づけていた。そして二人を守る自分をその次に位置づけた。シオンからするとツバキのその変化は大いに驚くことだった。ただその変化を嬉しくも思っていた。

「ええ。私は素直ですから。シオンや私のために貴重なポーションを使ってくれるだけではなく、豪華な食事、清潔な寝床《ねどこ》、綺麗な衣服、そして健康状態に気を遣い、怪我には即座に対処、病にはさらに高価なポーションを用意し、奴隷である私達を女性として扱い、敬意のある対応、これに器の大きさを感じない者がおりますか？　……本当はお酒を用意してくれたら完璧だったのですが、そこは今後の成長に期待ですわね」

「最後の一言で台無しですね。ゴホゴホ！」

「少し横になりなさいな。主様は貴女が寝ていて怒るような方ではありませんわよ」

「はい。分かっています。でも自分の不甲斐《ふがい》なさを悔《くや》しく思います。私もお姉さまのように旦那様のお役に立ちたいです」

「大丈夫ですわ。貴女は私の妹ですもの、あと数年もしたら貴女もこれの大変さが分かりますわ。本当に邪魔なのですわよ？」

「誰が胸の話をしましたか⁉　ゴホゴホ、ゴホゴホ！」

「ほらほら、安静《あんせい》になさい。主様はシオンの愛らしさにメロメロですから心配しなくても大丈夫ですわよ」

「そんな心配していません。……私もお姉さまみたいに大きくなれるのでしょうか？」

「心配せずとも竜人族は人間に比べたら大きくなりますから大丈夫ですわ」

「……今のは胸の話だったのです」

「それなら私の妹なのですから問題ないと先ほど言いましたわ」

「本当ですか？　私は寝たきりですし、健康的ではないです。お姉さまみたいにスタイルが良くないですし、旦那様も私よりお姉さまを抱きしめたいのではないですか？」

「はぁ、今度鏡を買って頂きますからそれを見てみなさいな。主様は奴隷館で初めて私達を見た時に貴女の顔にくぎづけだったのですよ。貴女の方が年が近いですし、おばさんの私ではあと数年胸を弄《もてあそ》ばれて捨てられてしまいますわ」

「お姉さまはまだ十代ですよね？」

「来年で二十代ですよ？　十代の貴女には遠く及びませんわ。人間の適齢期なら私はもう行き遅れ街道まっしぐらですわ」

この国の成人年齢は一五歳。成人の儀式を終えると晴れて大人の仲間入りとなる。貴族であれば成人前に婚約し、早ければ成人の儀式後には結婚することもある。貴族の女性であれば二十代になると婚期を逃したと囁《ささや》かれることも多い。

平民であれば、二十代までに結婚することが普通で二十代半ばほどになると嫁のもらい手がいなくなり、二十代後半になると結婚は絶望的だった。

「旦那様でしたらお姉さまを大切にしてくださいます。私もお姉さまと離れたくはありません」

「…………一応冗談のつもりだったのですが、貴女は主様と結婚して私は愛妾《あいしょう》にしてもらえますよ、と言っているのですか？　シオンも逞《たくま》しくなりましたわね。年を取るわけですわね」

「ッ⁉　そ、そういう意味で言ったわけではありませんよ！　ゴホゴホ、わ、私は、ただ三人でこれからも一緒に」

「一緒に同衾《どうきん》すると？　シオンはおませさんですわね。分かりました。お姉さんが手取り足取り教育してあげましょう」

「……お姉さまはいつも私と一緒にいたと思いますけどそういう経験がおありで？」

「闘技場にいましたからね。そういった話は耳にする機会がありましたわ。実践はこれからですが、シオンよりは分かっていると思いますわ。幸い主様もこれがお好きみたいですし」

「……お姉さまが戦っておられる間に私もお話を聞いたことがありますが、私が聞いた話ではお姉さまはその手の話を嫌がってすぐに離れるということでした。……本当に私より詳しいのですか？」

「………今度、あの闘技場に行きましょう。私のシオンに不埒《ふらち》なことを教えた罪を身体で償《つぐな》わせましょう」

「旦那様にご迷惑をおかけしたらダメですよ？　ゴホゴホ」

（うーん。戻ってきたけど部屋に入り辛い雰囲気だな）

ヤマトが身体を拭いて部屋に戻ってくると二人の話し声が微《かす》かに聞こえてきた。まだ身体を拭いているのかと少し耳を傾けると何やら聞いてはダメなことを話していると感じたヤマトは踵を返して食堂で何か一杯飲もうと思い部屋を離れる。

「俺がいたら話せない内容もあるだろうからな。姉妹なんだ、仲良く過ごして欲しいものだ」

ツバキは遠ざかるヤマトの気配に少し不機嫌になりながら身体を拭いてしまう。ヤマトの気配は常に意識していたので戻ってきたタイミングも分かっていた。そして食堂に向かうヤマトの気配を感じ自分を誘ってくれないことに不満を持っていた。

「——今回はシオンに免《めん》じて許してあげましょう」

「え？　お姉さま何か仰いましたか？」

「いいえ、私達は仲のいい姉妹だと思っただけです」

ヤマトが戻って来たのはそれから少ししてからだった。遅かったことと一人で食堂に行ったことに対する埋め合わせに三人一緒にベッドで寝ることをツバキに強制される。ツバキに抱えられてシオンの隣に寝かされたヤマトは両手に美女を侍らせて眠ることになる。

ヤマトもそれを狙ってフロントマンに目配せをしていたのだが、フロントマンが見ていたのはヤマトの頭に胸を置いている眼光の鋭い竜人族の美女であった。「三人一緒に寝られるベッドがある部屋、それ以外なら貴方《あなた》の命は本日限りです」と視線で語ってみせたツバキにフロントマンは冷や汗を流しながらもヤマトに気づかれないように笑みを浮かべていたのだ。

そしてツバキの思惑通りになった寝床。必要以上に密着するツバキと恐る恐る服の端を握るシオンにヤマトの眠気など遙か彼方《かなた》に吹き飛んでいく。しかし、奴隷商で聞いた一言「無理やり身体を求めたりすると犯罪者になります」がヤマトの動きを拘束する。

（いや絶対眠れないだろコレッ⁉）

思春期真っ最中の身体に転生した男子にこの状況は刺激が強すぎた。

※

「なにやら騒がしいな」

ヤマトがベッドの中で羊の数を数えている頃、領主邸の執務室で書類の確認作業をしていたカイザークが屋敷の外の騒ぎに気がついた。

何やら女性の言い合うような声に眉《まゆ》をひそめていると執務室の扉がノックされ、執事長のバイスが入室を求めてきた。

「旦那様。商業ギルド副ギルド長のレベッカ様が面談を希望されておられます」

「先ほど決めた通りだ。私がヤマト殿と会うまではギルド関係者との会合はなしだ。丁重に追い返せ」

メルビンがヤマトのことを報告してからカイザーク達は今後商業ギルドが関わってくるであろうことを予測し、いくつか取り決めを行った。ヤマトとの面会を明日住居が決まり次第行うことにして、それまでの間商業ギルドとの接触を避けるように決めたのもその一つだ。

「はい。その言いつけ通り丁重にお断りをしたのですが、あちらも引き下がらず、これを領主様に渡すように言われました」

バイスがカイザークに示した物は一枚の羊皮紙と巨大な魔石だった。

「……なるほど。あの女狐《めぎつね》め。よもやここまで掴んでいるとはな」

羊皮紙はツバキとシオンがランデリック帝国からサラハンド王国に移送された際の契約書の控えであり、違法取引の証拠でもあった。

カイザークがツバキ達姉妹を手に入れるに当たって交わした契約は国際法に則《のっと》ると違法行為であり、これが表沙汰《おもてざた》になると国内外から批判されるのが目に見えていた。そのため証拠は確実に消し去ったはずだったのだが、レベッカはその証拠を突きつけてきたのだ。

そしてもう一つの魔石は両手で抱えるほどの大きさの魔結晶《まけっしょう》だった。

魔結晶は魔力が結晶化した非常に貴重な魔石である。通常こぶし大の物でも大型の魔道具を数日動かせる程の魔力が込められており、領主といえども手軽に手が出せない程の金額であり貴重であった。

通常の数倍はありそうな巨大な魔結晶。これほどの大きさの魔結晶をカイザークは王都でも見たことがなかった。

実用性もさることながら、カイザークは噂で国王が魔結晶を探しているということを耳にしていた。これほどの物であれば王家に献上《けんじょう》しても高い評価が下されることは間違いなかった。

「レベッカ様はこの二つを領主様に差し出す用意があり、まずは話をしませんか、とのことでした」

「…………どこまで摑んでいるか分からん女狐を放置するわけにはいかないか。分かった。応接室へ通せ。使用人達は下がらせておいてくれ」

「かしこまりました」

「さて、どれほど高く見積もっているのだろうな。高ければ高いほど、かの少年の価値は上がるというものだ」

レベッカの話とは間違いなくヤマトのことであると理解していたが、ギルドでの一件があるためカイザークには余裕もあった。


「夜分に申し訳ありません、ベルモンド子爵《ししやく》閣下《かつか》。急な訪問にも対応して頂けたこと感謝致します」

「本来であれば対応することはないですが、他ならぬ商業ギルド、ギルド長代理殿の訪問ですからな。無下《むげ》にもできますまい」

「……私は副ギルド長です」

「普段はおられないギルド長に代わってギルドを運営しているのです、代理で問題ないでしょう？　むしろ私としてはレベッカ殿こそギルド長の地位に就くべきだと思っておりますよ」

「お戯《たわむ》れを。……しかし今日伺ったのはその件に繋がるかも知れませんね」

「……ほほう。ついにギルド長の座に就きますか。それはお祝いをしなくてはなりませんな」

「ありがとうございます。その時はぜひとも。……今日伺った理由ですが、子爵閣下に急ぎご報告しなくてはならないことがあったためです。お喜びください、この街の当商業ギルドに非常に優秀なポーション職人が在籍することが決まりました。これにより当ギルド長と合わせて二人のポーション職人が街に在籍することになります。今後さらなる発展が見込めること間違いなしです」

　街にポーション職人が在籍していることは治療の面でとても大きな意味を持っていた。もしもの時の安全性やポーション職人の安全を守るために治安の向上も見込め、街に移住を求める者が増えることは間違いないことだった。ポーション職人の弟子になりたいと才能がある薬師が集まることも期待できた。

　そして商業ギルドを通して各街に販売されるポーションの売り上げも領主に還元されるため、街の発展に繋がることはレベッカの言う通り間違いではない。

「……。はて、この街に二人のポーション職人？　あぁ！　街に住むこともなく森の中で生活していて、この街に一切の恩恵《おんけい》を与えないポーション職人が確かにこの街に在籍しておりましたな。これはうっかり、確かに彼女もこの街のポーション職人でしたな。……それで？　もう一人ポーション職人がこの街に来られたのですか？　それはめでたい！　あぁそうそう。私からもギルドにご報告がありましてな。実は非常に優れた薬師の少年を保護しまして、当家で面倒を見ることを決めたのですよ。ベアトリーチェ卿が定めた約定によってポーション職人を専属にするわけにはいきませんからな。当家で面倒を見ていずれは立派なポーション職人に育てたいと思っているのですよ」

商業ギルドのギルド長である、ベアトリーチェの直弟子ラビリンはこの街の商業ギルドに在籍するに当たってカイザークとも面会していた。当初はポーション職人が街に来てくれたと大喜びだったカイザークだったが、ラビリンがこの街に来た目的は森の中に籠もり新鮮な薬草を採取することだった。そのため街には一年の内数日しかおらず、街中でのポーション作製はしていない。森での作製分はギルド員が回収に行き帝国側へ持ち込むため街に売上が下りることはなく、ポーション職人が街に在籍しているというのも詐欺まがいなイカサマであった。

「……商業ギルドが定めた規定ではCランクポーション相当のポーションを作製できる薬師はポーション職人となります。お間違えのないようにお願い申し上げます」

最高品質ポーションを作れる者は例外なくポーション職人として扱われるように規定があった。またDランクの最高品質ポーションはCランクポーション並みの効果があり、どちらにしてもヤマトは規定を満たしていた。

「もちろんですとも。ポーション職人は最低でもギルドランクCランク、間違うはずがありませんな。あぁ当家で面倒を見る薬師ですが少し変わり者でしてな、自分で家を持ち生活をしたいとのことでしたので護衛として当家が用意できる最上級の護衛を用意しました。その際にギルドカードを確認しましたが商業ギルドランクは最低のFランクでした。全く問題はありません」

ヤマトがツバキ達の奴隷登録をギルドカードに施す時にオルガノとメルビンはヤマトのギルドランクを確認していた。

レベッカはカイザークの話を聞いて僅かに顔を歪《ゆが》める。最高品質のポーション作製者は例外なくポーション職人と認められる。しかしヤマトが持ち込んだポーションが拾い物や師匠の物だった可能性もあり、まだ会ってもいない少年を噂でポーション職人に認定するわけにはいかず、ヤマトのギルドランクはFランクのままであった。

「ギルドカードは更新に時間がかかる場合があります。ポーション職人か薬師か判断する場合は商業ギルドにお問い合わせ頂くことが確実です」

「ふむ、なるほどなるほど。これまで言われたことのない提案ではあるが、今後はそのようにしよう。今まではギルドカードを参考にしていたし、ギルドからそれを否定されたこともなかった。しかし、そのように言われたからには今後はきちんと窓口でお伺いすることを約束しよう。あぁそれとギルドに抗議しなくてはならない件がありましたな。当家の薬師がギルド内でランクの差による酷い暴力を受け、それを止められる立場の職員達が何もせず黙って見届けていたと聞きました。これはどういったことでしょうか？」

ギリッ。

レベッカはギルドに在籍しているDランク薬師と受付係を思い浮かべて歯軋《はぎし》りをした。切られるであろう手札ではあったが貴族の不祥事《ふしょうじ》を貴族側から言われるのは正直いい気分ではなかった。

「返す言葉もありません。ランクの威光《いこう》を笠《かさ》に着た薬師であったのですが、その者が貴族の子弟であることも関係して職員達は口を噤《つぐ》んだようです。貴族の揉めごとにギルドは関与できませんので子爵閣下の方から件《くだん》の貴族へ抗議を入れて頂けませんか？」

「貴族の子弟ということは貴族ではありませんな。であれば商業ギルドの一会員であるその薬師に私の方から直接抗議をするわけにはいかないでしょう？　商業ギルドには貴族は関与できないのですから。つまり副ギルド長であるレベッカ殿に裁定を下して頂けなければ当家の薬師の活動にも影響がありましょう。それとも私共が口を出してよろしいのでしょうか？」

「いいえ、当ギルドの一会員として認めて頂けるのであれば、貴族ではなく一薬師として対応させて頂きます」

レベッカも本気で言ったわけではないが、もしセルガのことを守ろうと動くのであれば交渉が楽になると考えていた。しかし結果はセルガを早々に見限ってヤマトの擁護《ようご》に入っていた。領主に商業ギルド内のことに口出しをさせる前例を作るわけにもいかないのでレベッカは一歩下がるしかない。

「それならば安心だ。厳粛《げんしゅく》なギルド長であるレベッカ殿の差配なら間違いはないでしょう」

「……副ギルド長です。当ギルドは件のポーション職人ヤマト殿を正式にCランクと認めております。情報の伝達が遅れた可能性がありますが、その件ご理解ください」

「おやおや、先ほどのポーション職人とはヤマト殿のことであったか。しかし、情報の遅れはそちらの不手際。ヤマト殿もFランクの薬師だと認めておったし、そもそも商業ギルドに不信感を持っておりましたよ。暴行を受けたにもかかわらず押さえつけられさらに罵声《ばせい》を浴びせられ、ポーションの材料を買おうとすれば断られたと聞きましたが？　優秀な薬師を当家が保護するのは当然であるし、その旨《むね》をそちらにも理解して頂こう」

レベッカは明らかに不利である立場を理解していたが事態は想像以上に深刻であった。カイザークの言葉からヤマトが不満を漏らしたことは間違いなく、ミリスが渡そうとした金貨を受けとらなかったことからも商業ギルドに不満不信を持っていることは間違いないと再認識した。

「……では、ヤマト殿が借金を三〇億Gも背負っているのはどういうことでしょうか？　当商業ギルド会員が不正な取引に騙され巨額の借金を背負わされた可能性があります」

「不正とは心外ですな。取引は極めて厳粛に執り行われました。竜人族の姉妹を不憫《ふびん》に思ったヤマト殿が自分であればポーションを飲ませることができるからと自ら購入を決意したのです。その想いに胸を打たれ購入代金は全額立て替えたのですよ。ただ彼女達の購入条件に借金の肩代わりが記載されていたのでヤマト殿は理解した上で借金を引き受けたのです。なんと慈愛《じあい》に溢《あふ》れる少年であろうか。私も当家で受け入れるに当たって返済はある時払いの無利子期限なしで良いと指示を出しました。ヤマト殿には末永くあの姉妹を見守って頂こうと思いましてな」

カイザークの言葉を聞いたレベッカは心の中で舌打ちをした。カイザークの取ってつけたような理由からヤマトを長く繋ぎ留めたい思惑を感じ取り、それが善意によるものではないことを確信した。

「……なるほど、それは良いお話です。であれば、当ギルドもできる限りの手助けを当会員のためにするべきだと愚考《ぐこう》しました。ヤマト殿の借金、すべて当ギルドが立て替えましょう。竜人へポーションを飲ませる必要がある以上、返済は負担になります。当方での不幸な出来事に対する僅かながらのお詫《わ》びです。あぁ、お金は気にしないでください。暴行事件を起こした犯人に可能な限り請求し、足りない分を当ギルドが払いますから」

「それはできませんな。支払い方法が決まっておりましてね。返済は月に三〇〇万Gの支払いのみです。一括返済は認めておりません」

「それは契約書に記載されているのですか？　先ほどはある時払いで良いと仰っておられましたが？　契約書を拝見しても？」

カイザークの発言が変わったことにレベッカの顔に笑みが浮かび、そして自身の失言に気付いたカイザークは顔を強張《こわば》らせた。

「契約書を他人に見せるわけないでしょう？　いくら会員とはいえ、ギルドがそこまで一個人に関与するのは問題では？」

「今回護衛を雇《やと》うに至った経緯は商業ギルドでの揉め事のせいだと判断しました。そのために負った負債《ふさい》です。ならば商業ギルドが面倒を見るのは当然のこと。子爵閣下が見せないと仰るのであればヤマト殿本人に確認をしましょうか」

カイザークとレベッカは激しく視線を交わす。お互い譲れないことは理解しておりどこかで落としどころを見つける必要があった。

レベッカはカイザークとのやり取りでヤマトが自分が考えている以上の存在だと認識した。領主であるカイザークはポーション職人のことを詳しく知っている。そのカイザークがレベッカに法外な条件をつけて引き下がることをせず、絶対に引かないという意思表示をしているからだ。

そしてカイザークはレベッカが商業ギルドの名を出して貴族子弟への制裁や借金の肩代わりを口にしたことでヤマトが自分達が思っていた以上の存在だと認識した。

「……当家の専属に変わりない。しかし、ポーションの販売は商業ギルドを通す。これでよかろう？」

専属ポーション職人になると雇用主の判断でポーションを販売することが可能になる。カイザークはそれを商業ギルドを通すことで商業ギルドの利益に貢献《こうけん》すると言ったのだった。

「商業ギルドに在籍している以上、当方に所属はあります。子爵閣下のご要望のポーションは優先的に販売することでご納得ください」

高ランクポーションは常に品薄で子爵家であっても手に入れることができないことは多い。レベッカはその高ランクポーションの優先販売権をカイザークへ渡すことを約束したのだった。これは普通の貴族家であれば喉から手が出るほど欲することであった。

両者は再度睨《にら》み合い、口を開く。

「当家の専属に変わりない。当家で使用するポーションも含め、すべてのポーションを一度商業ギルドに卸《おろ》す、その上で必要なポーションは当家が優先的に買い戻す」

本来販売用以外は商業ギルドを通す必要はないのだが、カイザークはヤマトが作ったポーションを全てギルドに提出してその上で必要なポーションを買取ると提案した。これはヤマトの技術を隠せなくなる故にカイザークが避けたかったことであった。しかし商業ギルドの狙いはそこであると読み、持ちかけることにした。

ギルドが必要なポーションはカイザークから再度買い取る必要がありヤマトが優秀であればあるほど旨味のある取引だと考えたのだ。

そもそも高ランクポーションの優先権とはヤマトがCランクポーションを作れる以上、ヤマト以上の価値はない。

カイザークはそれを理解しており、レベッカがそれ以上の価値をつけない限り引くつもりはなかった。

そしてそれをレベッカも理解した。

「――所属は商業ギルドにあります。子爵閣下へのポーションの優先販売権、ネイロクラ伯爵《はくしゃく》の不祥事の記録、ハイロリラ子爵の帝国との密売記録、そしてベルモンド子爵家の密売記録、不正奴隷移送記録、脱税記録、その他五点の不正の証拠を差し出し、私がその証拠を揉み消すお手伝いを致します。さらに、先ほどお渡しした魔結晶も差し上げます。これ以上の交渉は不可能です」

ポーションの優先購入を認め、カイザークとライバル関係にあるネイロクラ伯爵とハイロリラ子爵の弱みを差し出し、ベルモンド家の不正の証拠を計八点差し出すと共に揉み消す手伝いをすると、巧妙《こうみょう》に隠した記録を見つけ出したレベッカ本人が提案。さらに王家に献上《けんじょう》すれば不正の記録に目を瞑《つむ》ってもらえるような魔結晶をタダで差し出すと提案した。

これを断れば不正を表沙汰にしてベルモンド家を潰してヤマトを手に入れると宣戦布告しているようなものだった。

八点の不正の証拠があり、ライバル関係の貴族家二家の協力を得て、王家に不正満載な貴族家を潰してもらえそうな手土産を用意しての宣戦布告である。

「ぐ、ぐぐぐ。——そちらの提案に一つだけつけ加えてくれ。ヤマト殿の意思を尊重するというものだ。ヤマト殿を商業ギルドに突き放す真似は当家はしないし、ヤマト殿が自分から当家を頼って来た場合は迎える。これは才能ある薬師が潰されないための措置《そち》だと考えて欲しい。当家からヤマト殿を直接勧誘することはしない。商業ギルド在籍のBランクポーション職人がこの街に来たことを想定して対応することを約束する」

ギルドでの不祥事があった以上レベッカにこれを断ることはできない。そもそもポーション職人は自由である。貴族に囲まれていないのであればギルドに属するのが普通である。

ヤマトへは今後の対応で信頼を勝ち取れば良いと判断したレベッカはカイザークの提

案に頷いた。

カイザークはレベッカが頷いたことで心の中で拳を握った。不正の証拠を押さえられていたのは衝撃的であったが、その全てが揉み消され、優先購入権をもらい、ライバル貴族の弱みを握り、さらには魔結晶までもらう。本来であればギルドが不祥事を起こさなければ手に入らなかった物ばかりだ。

そしてギルドに強い不満を持っているヤマトがギルドにすんなりと所属するとは思えなかったのだ。Bランクポーション職人の接待であれば家を与えるのは許されるし、メイドを派遣することも可能であった。

領主としてポーション職人をできる限り接待することで商業ギルドより領主家に所属することを選ばせる心積もりであった。

そしてそれはレベッカも同じこと。失った信頼を取り戻すことは難しいが不可能ではないとよく理解していた。

「では、契約成立ですね。後日正式な書面をご用意します」

「良い取引となった。今後ともレベッカ殿とは仲良くしたいものだ」

お互いに腹の中で黒い笑みを浮かべながら固く握手を交わす。

ヤマトの狙いを読み違えたまま二人は互いに、自分にヤマトは擦り寄って来ると笑みを深めた。

※

「おはようございます。昨晩はよく眠れまして？」

目が覚めると既に日は昇っていて、俺の目の前には妙齢《みょうれい》の美女がいた。

薄手の服から胸の谷間が覗いており、俺の視線に気づくと腕で持ち上げさらに谷間を強調してくれる。妖艶《ようえん》な笑みを浮かべペロリと舌が赤みがかったピンク色の唇を横切る。

昨夜は両隣から、特にツバキ側からは艶《なま》めかしい寝息が狙っているかの如《ごと》く聞こえてきて中々寝つけなかった。いつの間にか寝ていたみたいだけど——この人は夜だけじゃなく朝っぱらからも色々とヤバい。

今の俺は思春期真っ最中の好青年なんだぞ！　自分で顔が真っ赤になっているのが分かるんだぞ！

一時撤退と思い反対側に転がると目と鼻の先に可憐《かれん》な少女が眠っていた。あどけない寝顔、目を閉じているからハッキリと分かるまつ毛が長く、こんな至近距離で見つめたことは昨日に続いて二度目だ。

綺麗な白い肌にぷっくりとした色素の薄い桃色の唇。思わず目が吸い込まれるように見つめていると身動ぎをする時に僅かに開き閉じる。その動きがどこか妖艶で幼い顔に大人の色気を感じる。

「ふふふ、妹にくぎづけですわね。良いですわよ？　そのまま唇に目覚めの挨拶《あいさつ》を行っても」

…………。…………。…………いや、ダメだろう。

「……おはよう、ツバキ。起きるから俺の背中に胸を押しつけながらシオンの方に押しつけるのは止めてくれ」

「あら？　よろしいので？　いまならシオンの柔らかい唇を自由にできるのですよ？　私が寝ぼけて押しやってしまっただけの不可抗力ですわよ？」

唇を自由に……。——自由に、自由……。

「…………………いや、ダメだろ⁉　なに自分の妹を襲わせようとしているんだ！」

「ふふふ、随分と悩んでおられましたわね。それに襲うなんて人聞きの悪い。ただシオンを起こしてあげようとしているだけですわよ？」

「……では、今後お姉さまが寝坊した時は旦那様に起こして頂きましょう」

「あら？　シオン起きてましたの？」

「ええ。おはようございます、旦那様、お姉さま」

「あ、ああ、おはようシオン。身体の調子は大丈夫か？」

「はい。と、言いましても自由には動けませんが。朝食前にポーションを頂きたく思い

ます」

「主様？　私を起こす時は主様の自由になさって構いませんわよ？」

自由に。あの身体を自由に……。揺らして起こすだけで巨峰《きょほう》が縦横無尽《じゅうおうむじん》に揺れそうだ。いやいや。

「……その時はシオンに任せよう」

「あら？　つれませんわね？　主様が起こしてくれるのであれば毎日寝坊することにしますのに」

それは寝坊ではなく、寝たふりじゃないのか？　話が逸《そ》れるな。まずはシオンのポーションだ。Aランクポーション出ろ！

「シオン、これ飲んでみて」

「——こ、これは？」

Aランクポーションを見てシオンとツバキが固まった。まぁ、一体どこから出したって話だよな。異様に細工《さいく》が細かい瓶《びん》に輝くポーションが入っているわけだし、驚くよな普通。

昨日、寝る前にポーションを生み出せるだけ出した結果、Fランク三二本、Eランク一六本、Dランク八本、Cランク四本、Bランク二本、Aランク一本が一日の上限だと分かった。二の累乗数《るいじょうすう》かよ⁉　二の冪《べき》だっけ？　まぁ分かりやすいから良いけど。

「主様、これは、――まさかBランクポーション、ですか？　ベアトリーチェ卿《きょう》が生み出したとされる最高ランクのポーション？」

「うん？　いや、俺が作ったAランクポーションだよ。一本しかないけどこれ以上は今は作れないからこれで治ると良いんだけど」

これでもダメならシオンには少し我慢してもらってメリリの使徒になった時にSランクポーションを飲ませよう。できれば遠慮したいんだけど、シオンの命に関わりそうなら四の五の言ってる場合じゃないから覚悟を決めよう。

「………旦那様は、使徒、さま、ですか？」

「ん？　いや、まだなってないぞ？」

たぶん。メリリの奴が勝手にしていない限りは！　あぁそういえばポーション作りもしていないのにAランクポーションを出しちゃったな。

まぁ二人にはポーション魔法のことも話しておくか。二人に隠れて作るのは難しいだろうし、二人に事情を話しておかないと俺が普通にポーション作りしたら変なものしかでき上がらないだろうから不審がられるからな。

二人は俺を裏切るような人間――竜人じゃないし、裏切られたらそれはそれとして俺の見る目がなかったってことで納得できるからな。

「――主、ヤマト様、これまでの不躾《ぶしつけ》な態度を謝罪します。この罪は私一人のもの。シオンにはなんの咎《とが》もありません」

「お姉さま！　だ、ヤマト様！　どうかお許しを！　姉の態度はヤマト様を軽んじていたわけではありません、ゴホゴホ、な、なにとぞ、ゴホゴホ」

「いやいやいやいや、何で急にそんな畏《かしこ》まるの⁉　シオンは良いからそれ飲めって！　ツバキも跪《ひざまず》かなくていいから！　いつも通りの態度で良いから！　俺は別にそんな偉い人間じゃないぞ？　ただ女神にポーションを作る魔法をもらっただけの一般人だよ。あ、このことは内緒ね。二人には一緒に生活するから教えるけど、あまり大袈裟《おおげさ》にしたくないから普通の薬師で通したいからさ」

膝をついて頭を下げるツバキを立ち上がらせて、ポーション瓶を頭上に掲げて祈りを捧げるシオンの口にポーションを入れる。

Aランクポーションってそんな祈りを捧げたりするようなレベルの物なのか？　Bランクポーションを作れる人もいるんだよな？　ならAランクポーションって言っても一つしかランク変わらないだろうに。

…………。まぁツバキ達以外に見せるのは止めとこう。俺が作れるのはCランクポーションまでってことで通すとしよう。

うん、二人の反応で妥協ラインが見えて良かった。商業ギルドや貴族相手にやらかしていたらヤバいことになっていたな。

「シ、シオン？　どうです？　身体は？　病は癒えましたか？」

ツバキが不安そうにシオンを見つめていた。シオンは俺にポーション瓶を押し込まれてそのまま中身を飲み込んだ。森での俺と同じように身体が少し発光してすぐに消えた。その光景を見ていたツバキがオロオロしながら様子を窺う姿が普段と違って新鮮だった。

長年不治の病であるシオンの世話をしてきたツバキだからな。恐らくかなり凄いであろうポーションを飲ませたことで期待は最高潮だろう。これで治らなかったら希望が潰《つい》えてしまうほどに……。重いよ⁉

「痛みはほとんど感じません。……でも治ってはいないと思います。身体の芯の部分に病を感じます」

「そ、そう、ですか。ですけど痛みがなくなるなんて喜ばしいことですわ。貴女もこれで自由に活動できますわね」

「はい！　病になってから初めて痛みを感じない時を得ました。これが数時間の奇跡でも旦那様には感謝しかありません。本当にありがとうございます」

シオンとツバキが涙を浮かべながら頭を下げてくれる。シオンはこれまで本当に苦しんでいたんだろう。痛みから解放されて輝く笑顔を見せてくれる。うん、天使がここにいます。メリリより神々《こうごう》しいよ。うん。

ツバキもそんなシオンの笑顔を見て喜んでいるみたいだ。いつもの妖艶な笑みじゃなく心からの笑顔が見られた気がする。

「完治できなかったのは残念だけど、まだ希望はあるよ。少し時間が欲しいけど、少なくともシオンの命が危険になる前には今のポーションより上の最高ランクを用意するよ。だから少しだけ待ってくれるかな？」

まだ完治していないんだからそんなに喜ぶのは早いよね。絶対に治してみせるよ。その笑顔が見られるならメリリの使徒になることにも耐えられるはずだ。

【ワタシの使徒はそんなに辛いの⁉】

……なんか幻聴が聞こえてきたな。……覗き魔女神め、そんなんだから信者が増えないんだよ。信者の心を盗み見したり生活を覗き見したりしている癖に恩恵を与えないんだからな。……そう言えば邪神とメリリは違う存在だよな？　ならシオンに呪いをかけている邪神が存在するのか。

……メリリサート様？　まさか貴女が呪いをかけているわけじゃないですよね？

【違う違う⁉　本当だよ！　邪神は封印されているけど存在してるの！　あぁワタシのバカバカ。また応えちゃった！　アルテにバレるぅ⁉】

……なんだか大変そうだな。そっとしておこう。

「主様。――竜人族が戦士ツバキ、この身命を賭《と》して主にお仕《つか》えすることを誓います。この身は主の矛《ほこ》に、この命は主の盾《たて》と成《な》ります。それこそが我が望みであり、最上の喜びです。龍王の誓いを今ここに」

メリリに気を取られている間にシオンと喜び合っていたはずのツバキが俺の前で膝《ひざ》をつき、胸に右手を当てて誓いを口にした。

そして首筋にある鱗《うろこ》を一枚剝がして俺に差し出してきた。え？　受け取るの？

「旦那様、それを受け取って上げてくださいませ。竜人族の戦士が真の主に仕える儀式です。生涯《しょうがい》をかけて仕える主にのみ行う誓いの儀式、龍王の名のもとに行われる絶対不可侵の誓いです」

たぶん凄く大事な儀式なんだよね。俺で良いの？　って聞くだけ野暮《やぼ》か。ツバキが冗談でこんな真似をするわけないし、シオンを助ける手立てを持つ俺に忠誠を誓う代わりにシオンを助けて欲しいということかな。

メリリからもらった魔法の力なだけなんだけどな。――この誓いに報《むく》いるだけの成果を俺も二人に誓おう。

ツバキから鱗を受け取ると鱗は俺の身体に溶け込むようにスッと消えてしまった。身体に何か熱を感じる。強くなったりしたわけじゃないんだろうけどツバキとの繫がりを感じるようだ。さすがは異世界の誓いだ。

「旦那様、私も旦那様に永久の誓いを捧げます。私は戦士ではないので龍王の誓いをするわけには参りません。ですが、この心は常に旦那様と共に。私の誓いを受け取ってくださいますか？」

　祈りを捧げるように両手を合わせたシオンがツバキに並び俺を見上げてくる。ヤバい、凄く可愛い。

「主様、左手をシオンへ」

　ツバキに言われるままに左手を差し出すとシオンが髪の毛を一本抜いて俺の薬指に巻きつけた。……指輪？

「竜人の女の髪はしなやかで強靭《きようじん》です。たとえ刃物で斬られてもその髪が断ち切られることはありません。本来は戦に赴《おもむ》く戦士へ妻が送るお守りです。常に貴方と共に。そう願いを込めて」

「俺に戦は無理だよ？　どっちかって言うとシオンに守ってもらう方？」

「二人は私が守りますから大丈夫ですわ。そのお守りは夫婦の誓いですわ」

　…………。……夫婦？　え、俺、シオンと婚約したの？

「ち、違いますよ！　私は旦那様と常に共にあると誓っているだけです！　っ、妻などとおこがましいです⁉」

　……そんなに全力で否定しなくても。

「常に共にあると誓うのですから夫婦でしょうに。少なくとも竜人であれば婚約が成立しますわね」

「お、お姉さま！　言わないでください！　は、はずかしぃぃ……」

おぉお？　シ、シオンが赤くなってあわあわしている、か、可愛い。

「主様もまんざらでもないご様子ですし、認めなさいな。そういうわけで主様は私達姉妹を二人娶《めと》ったわけですわね。末永く愛してくださいませ」

ツバキも娶ったことになっているんだね。戦士の誓いって聞こえたけど、勘違いだったみたいだ。

「不束者《ふつつかもの》ですがよろしくお願いします」

「旦那様⁉」

「ふふふ、主様？　それは私達のセリフでは？」

「いいだろ、どっちでも。ふぅ、ただのAランクポーションを作っただけで嫁が二人もできたな」

「常識が欠如《けつじょ》しておられる主様に申し上げると、この世界でAランクポーションを作製できるのは主様だけですわ。かつて存在した伝説の賢者様であればAランクポーションを作れたのかも知れませんが、Aランクポーションの存在が確認されたことはありませんわ。伝説となっているポーションです。そして成人の儀式の前に女神様から祝福を頂いていることもあり得ないことですわね。それもただでさえ数が少ない魔法の祝福がポーションを作れる魔法だなんて常軌《じょうき》を逸脱《いつだつ》していますわ」

ツバキに聞いたこの世界の魔法事情はなんというか、しょぼかった。

まず攻撃魔法はほとんどない。風や炎を操る魔法が使える者がそれを応用して攻撃に転じていることはあるらしいが、ファイヤーボール！　とか叫んで火球を飛ばすことができる魔法使いはいないそうだ。

遠くが見える千里眼の魔法とか、一時的に力が上がる肉体強化の魔法とか、動物と会話ができる魔法とかがあるそうだ。確かに人間の域を越えた魔法なんだろうけど、うーん。

そして魔法使いの数は一〇〇万人に一人くらいでまともに使いこなせる者はさらに少数らしい。

ツバキも魔法使いで金剛《こんごう》という魔法が使えるそうだ。肉体の強度を発動している間倍化させる魔法らしいのだが、人間族であれば倍化したところで紙の装甲が二枚分になるだけの無駄魔法と言われているそうだ。しかし、ツバキは元から人種最強の竜人族。魔法を発動しているツバキにはいかなる攻撃もその身体を貫くことはできない。それは闘技場八〇〇戦無敗、無傷が証明したそうだ。……うん？　なんか凄い記録を当然のように言われたけど、俺がおかしいのかな？

「魔法のことは内緒にしてください。魔法使いはその希少性から、役に立たない魔法であっても王侯貴族《おうこうきぞく》に狙われやすいのですわ。私や主様のように有能な魔法使いであれば、どんな手を使っても手に入れようとする不埒ものが必ず現れますわ」

なるほど。元からポーション魔法のことを他の誰かに話すつもりはなかったけど、今後はさらに気をつけよう。

「旦那様が昨日薬草や道具を集めていたのは魔法のことがバレないようにするためだったのですね？」

「うん。できれば大量生産して魔法で生み出す分と混ぜて売り出そうと思っていたんだけどね」

「……あれほどの品質の物と混ぜてもすぐに違いが分かりますわよ？　主様は流通している普通のポーションを全然知らないのですわね？」

「うん、見たことないな。でも商業ギルドもメルビンさんもビックリはしても普通に受け取っていたけど？」

「そういうことですか。商業ギルドの職員がわざわざ主様を捜しに来ていた意味が分かりましたわ」

「え？　あぁ、昨日の？　あれは貴族の不正を揉み消そうとしていたんだろ？」

「いえ、恐らくは主様のポーションを調べてあり得ない事実が判明したのですわ。女神様が授《さず》けた魔法ですものね。高品質なんてありふれたもののはずがありませんわ。恐らく主様のポーションは最高品質ですわ」

最高品質？　一番上の品質ってことか？　品質が良いならそれに越したことはないだろう？

「旦那様。現在確認されているポーション職人の中に最高品質を作りだせる者はおりません。伝説上の品質と言われている物になります」

「……もしかしてヤバい事態になりそう？」

「いいえ。主様はご自身のやりたいようになさってくださいな。邪魔するモノは私が排除しますわ」

う、うーん、頼もしいけど怖い。むしろヤバい事態になりそうで。…………でも今さらか。ギルドに三〇本とメルビンさんにもCランクポーションを渡したからな。メルビンさんはツバキのことも理解しているだろうし、俺を拘束したり無理やり言うことを聞かせようとはしないだろう。

むしろ自分から鎖に繋がれに来た俺を厚遇《こうぐう》こそすれ陥れることはしないだろう。ポーションを渡す契約が少しネックだが、そこはメルビンさんの人柄を信じるしかないか。

「主様、ご安心を。いかなる勢力が相手だろうと私達がお守りしますわ」

「……そうだな。うん、そうだ」

俺には二人がいる。なら俺がやるべきことは不安がることじゃないな。

「まずはポーションの製法を探る。最高品質ポーションの作製ができればそれに越したことはないけど、ムリならそれはそれでいい。俺はCランクポーションまでの最高品質を作ることができるということで話を進めよう。ただし自分から最高品質を作れるとは言わない。二人も発言には気をつけてくれ。ひとまずの目標は資金集めだ。借金の返済額の三〇億を早急に用意する」

「「はい！」」

メルビンさんを含む領主一家はひとまず信用するけど、借金を何時でも返せる状態に持って行こう。

俺が犯罪者にならない限りツバキ達二人を奴隷から解放するのはいつでもできる。あの契約には借金を返さないと解放できないとは書かれていない。

この国の人間は亜人差別が根底にあるせいで、亜人の借金を肩代わりしたら借金分働かせるまで解放しないと思い込んでいるみたいだ。ま、解放したら難癖つけて俺を犯罪者に仕立てるくらいしそうだけどね。俺が奴隷落ちしても二人は俺に付き従う可能性があるからね。

だから不安要素である借金をまずは片づける。さすがに一年では無理があるだろうから数年以内だな。それまでは領主一家に従おう。

どうせ商業ギルドはまともな対応してくれないからな。ポーションの買取り価格を下げてきたら領主に直談判するとしよう。

働きたくなかったけど二人を守るためだ。少しくらい頑張ろう。そして徐々に仕事を任せられる人材を集めて、ゆくゆくは何もせずとも金が入って来る環境を作り上げてやる。

「よし、じゃ、しばらくの拠点となる家を見に行こうか。オルガノさんが朝までには候補を探してくれるって言ってたからね」

ポーション職人用の作業場が隣接している家を見繕《みつくろ》ってくれるそうだから家に着いてからポーションの作製をしてみよう。

商業ギルドに行くにしてもちゃんとポーションを作っているって建前が必要だからね。

「はい。旦那様に見合う綺麗な家が良いですね」

「ふふ、お風呂がある家でしたら毎晩一緒に入れますわね？」

「お、お姉さま⁉」

「よし！　行くぞ！」

「ちょ、旦那様⁉　何をそんなに急いで……」

「ほら行きますわよ？」

「え⁉　ま、待ってください！」

呆気に取られているシオンの手を掴み夢のマイホームを目指して走り出す。借家とはいえこの国の基準なら持ち家に近いはずだ。つまり俺は一国一城の主と同義。――我が家の家訓、第一は「お風呂は混浴である」としよう。

※

「つ、遂にできたわ！　Cランクポーションの高品質よ！」

「おめでとうございます、ベアトリーチェ様。これでさらに賢者様に近づけましたね」

王都にある商業ギルド本部の一室にベアトリーチェ専用研究室として用意された部屋で、ベアトリーチェと弟子のフリックスができたばかりのポーションを愛おしそうに見つめていた。

「賢者様にはまだまだ遠いけど、ありがとう。この成果は失われた知識に迫る歴史的な一歩となるわ。――神秘を解き明かした者にのみ女神は大いなる祝福を与えん。賢者様が残したお言葉、妾《わらわ》にはその意味を真に理解することはできないけれど、いつか必ず賢者様の見た神の領域へ踏み込んでみせるわ！」

意気揚々《いきようよう》と宣言するのはこの部屋の主であるベアトリーチェ。人間の目線で見ると成人間もない十代半ばほどの少女。長寿のエルフ族であり、実際の年齢は三〇〇歳を越えているがその見た目と言動から本当の年齢を知る者は少ない。

「その意気です。最近は戦争も減って薬師見習いが安全に修行に励《はげ》める環境も整ってき

ております。いずれその者達の中に我々に匹敵《ひってき》する才能が芽吹《めぶ》くことを祈るばかりです。薬師とは一人で至るべからず、研鑽《けんさん》し受け継ぎ未来へと至る。賢者様から受け継ぐことができたことは少ないですが、いつの日か我々の弟子達がその頂きに到達することを夢見るばかりです」

「ふん！　妾は自分の代で至ってみせるわ！　賢者様だって一代でその頂きに辿り着いたのですからできない道理はないわ！」

「ええ、師であればいずれその頂きに至ることもできましょう。……その場に居合わせられない自身の不甲斐《ふがい》なさが悔しくあります」

ベアトリーチェの五番目の弟子であり現在いる弟子の中では最高齢のフリックスは人間族であり九〇歳の老人であった。幼い頃よりベアトリーチェのもとで修行を積み様々な秘薬を飲んできたことで見た目は六〇歳ほどと実際よりも若く見られるが、肉体の衰《おとろ》えはさすがのポーションでも回復できず、今後も数百年に渡って活躍するであろう崇拝《すうはい》する師であるベアトリーチェの姿を見られないことが心残りであった。

「……薬師は身体が基本。健康に気を遣えない者に真のポーションは作れない。賢者様は人間族だったけど記録では一五〇年以上生きていたはずよ。ならそれを知る貴方ならそれ以上生きることができない道理はないわね」

「ほっほっほ。我が師は無茶を言いなさる。しかし、最後のその時まで貴女の傍でその神秘を見守りたいものです」

「ええ。貴方にはその資格があるわ。妾が頂に辿り着くところを見るまで死ぬんじゃないわよ？」

「この老軀《ろうく》に鞭《むち》を打ってでも見届けますとも。未来を夢見られない者に栄光は訪れない。我が身が見る夢はベアトリーチェ様が神の領域に触れ、この世界に真の癒やしをもたらすこと。そのためであればいくらでもこの身を捧げましょう」

「はぁ、爺《じい》やの想いは重い！　妾はそこまで壮大《そうだい》な野望は持ち合わせていない！　まったく、これだから年寄りは。もう少し孫に夢見る未来を抑えなさい。期待が重い！」

「……儂の方が年下、いえ、なんでもありません。我が師よ」

――タッタッタッタ！

ベアトリーチェ達がコントのようなことをしていると廊下《ろうか》を走る足音が聞こえてきた。

ベアトリーチェはその音を聞いて眉をひそめた。ポーション作製の際は凄まじい集中力が必要であり、僅かな振動でも手元が狂うと失敗してしまうことがある。そのため部屋の周辺での移動には厳重な規則が定められていた。

コンコンコン！　コンコンコン！

『ベアトリーチェ様！　おられますか！』

ベアトリーチェとフリックスは顔を見合わせ首を捻《ひね》る。

今夜は新たなポーション作製方法を確かめるとギルドに知らせていた。これは暗に「一切の邪魔をするな」という意味であった。このお触れが出ている時は貴族が出向いて来たとしても粛々《しゆくしゆく》と追い返されていた。

それにもかかわらず走って部屋の前まで来て、扉を強く叩くとは一体何事だとベアトリーチェはできたばかりのポーションを大事にしまい、椅子《いす》に腰かける。それを見届けてからフリックスが扉を開く。

「騒々しいぞ。いったい何事だ？」

「早朝に申し訳ございません——」

入って来たのは王都商業ギルド長のリザーブであった。早朝という言葉でベアトリーチェ達は徹夜していたことに気づき少し驚くが、それより耳を疑う言葉がリザーブから発せられる。

「——しかしサイガスの街から緊急魔報《まほう》が入りました。暗号は『賢《けん》』です！」

「ッ！」

「な、何じゃと⁉」

商業ギルドが国に秘匿している技術の一つに魔報と呼ばれる魔道具を使った文の伝達方法があった。

これはギルドカードを作製、管理する魔道具の副産物であり、本来はギルドカードの登録や更新をした際に各支部で即座に登録情報の共有管理ができるようにしたものだった。

この技術を応用して行われるのが魔報であり、決まった暗号を送ることで文字として解読できるようにしたものだった。これは限られた者だけが知る極秘の技術であった。この情報が国の上層部に伝われば戦争利用は必然であり、ベアトリーチェを始めとする商業ギルド幹部がひた隠しにしている最重要機密である。

もちろん多用されることはなく、命の危険や火急の案件のみに使用されてきた。そしてこれまで一度も使われたことがない暗号、それが「賢」であった。

「賢」の暗号が示すのはポーションの作製に関して賢者の知識に相当する情報が発見されたということ。もちろんこれまで使われたことはなく、ベアトリーチェ達はその情報の真偽を見極める必要があった。

各支部にある魔道具に送信されるため暗号でのやり取りになるが、極秘情報ほど詳しく書くわけにはいかない。どこで盗み見されるか分からないからだ。

「内容は？」

「はい。最質、作製、実在、詳細、送ル。です」

暗号文を文字に変換した単語の並びであった。そしてそれを聞いただけでベアトリーチェ達には内容が理解できた。

最高品質ポーションを作製した人物が存在する。その証拠として最高品質ポーションを王都に送る。詳細は持たせた者に聞いて欲しい、ということだ。

そしてこういった情報は誤情報の可能性は極めて高い。これまでにも火急の報《しらせ》がただの早とちりであったことが実際にあり、簡単に鵜《う》呑《の》みにするわけにはいかなかった。

まずは使者の到着を待ち詳しい情報を聞いて精査する必要がある。それから真偽を見極めたのちサイガスへ向かうのが普通であった。

「……誤情報なのかも知れないわね。時間の浪費《ろうひ》かも知れない。それでも――」

賢者へ至る僅かなきっかけであったとしてもベアトリーチェは手を伸ばさずにはいられない。ベアトリーチェには賢者の頂に到達しなくてはならない成すべき使命があった。そのために薬師やポーション職人が戦争で犠牲《ぎせい》になる事態を止め、各国に領地を得たことで商業ギルドを作り、広く弟子を募った。

薬師とは一人で至るべからず、研鑽し受け継ぎ未来へと至る。研鑽し弟子に知識を与え、未来へ邁進《まいしん》してきた。世界一のポーション職人と呼ばれ、人類の秘宝と言われる存在になった。それでも届かない頂。ベアトリーチェが求めるのは自身が教え導く存在ではなく、自分と手を取り合い切磋琢磨し合える真の薬師の存在であった。

「――妾は行きたい」

「サイガスの街まで走竜で四日です。竜車であれば六日ほどです」

「マクグラウンまでは竜車で一日です。そちらでしたらサイガスから王都に着くより一日程早くなりましょう。ベアトリーチェ様の領地でもありますれば向かうことに不都合はありません。使者と入れ違いになっても困りますし、まずはマクグラウンで待つべきかと」

ポーションの作製に並々ならぬ努力を続け名実ともに最高のポーション職人であるベアトリーチェの願い。それを無下《むげ》にするギルド職員はいない。ベアトリーチェが望むのであれば是非はない、最善策を模索し最高の結果を捧げるのみであった。

「至急使者へ目的地をマクグラウンにするように伝令を送ります。ベアトリーチェ様はご準備ができ次第マクグラウンに向かってください」

「儂は師と共に行く。王族への説明はリザーブに任せる。場合によってはサイガスの街へそのまま向かう可能性もある」

「任せてください。替えの走竜の手配もしておきますからベアトリーチェ様は御心《みこころ》の赴《おもむ》くまま行動してください。雑務は我等が片づけます」

「すまんな。迷惑をかける。――フッ、吉報《きっぽう》を待つが良い！」

辛気臭《しんきくさ》い顔をしていては弟子に示しがつかないとベアトリーチェは笑みを浮かべる。

その自信に満ち溢れる笑みに弟子の二人は胸に手を当て頭を下げた。

第四章 夢のマイホーム

Potion Nariagari

むにゅんむにゅん♪

　宿屋を出て安全のために完全防御態勢となった俺達はメルビンさん達との待ち合わせ場所である詰め所前にやって来た。待ち合わせ場所にはオルガノさんと商業ギルドの販売窓口にいた受付係が待っていた。俺には薬草を売らないと言った受付係だ。

「オルガノさん、おはようございます。……なんで彼女がここにいるんですか？　メルビンさんは？」

「おはようございます。ヤマト様。メルビンさんはお家の事情があり今回は不参加となりました。もとより不動産の手配は私が行っておりますのでご心配には及びません。今日はよろしくお願いします」

　お家の事情、ねぇ。……俺やCランクポーションが関与していないことを祈ろう。

……無理かな？　――で、この顔がこわばった彼女はなに？

「おはようございますヤマト様。昨日は私の軽率な発言で気分を害されたと存じます。

本当に申し訳ございませんでした。私は商業ギルドの副ギルド長からヤマト様のお家探しのアシスタントをするように仰《おお》せつかっております受付係のシリカと申します。本来であればミリスさんが来る予定でしたが、専属スタッフとしての業務があり私が代理で参りました。本日は少しでもお役に立てればとポーション職人に適した建物や立地、環境、その他この街に来たばかりのヤマト様では分かり辛《づら》い辺りのサポートをさせて頂きたいと思っております」

昨日とは随分《ずいぶん》対応が違いますねー。ミリスさんがお金持って来た件の続きかな？　俺が下手《へた》に騒いだらギルドに迷惑が及ぶって考えたのか？……。メルビンさんに渡したCランクポーションが商業ギルドにバレたのかな？　もしくはメルビンさんが商業ギルドに売って俺の存在が浮上したとか？　うーん、分からん。けど昨日みたいに蔑《さげす》まれる気配はないみたいだな。

Fランクの俺に謝罪に来たってことはポーションがバレたか、ツバキ達を買ったことで領主に繋がりができたと思われて無下《むげ》にできない立ち位置になったからだろうと思うけど。

でも俺が目立つ状況になるのは避けたいんだけどな。ツバキの胸を頭に置いて行動している時点で結構目立っている気もするけど、これは止めるわけにはいかないからね。

「私がおりますので必要ないと言ったのですが、頑《かたく》なについてくると仰《おっしゃ》るのですよ。

ヤマト様が不快だと思われるのであれば衛兵に言って排除させますが？」

いやいや、オルガノさん過激じゃない？　もしかして俺が商業ギルドで嫌な思いをしたことを気遣っているのかな？　確かに薬草は売れないって言われたけど、理由は納得できるものだったし俺としてはこのシリカさんに特別恨《うら》みがあるわけではない。俺としてもお金を集めないといけないから必要以上にギルドと仲違いしたくはない。

……ここに来たのが一番窓口係だったら衛兵を呼んだけど。

「構いませんよ。ミリスさんにはあのギルドで唯一《ゆいいつ》お世話になりましたしその代理だと言うなら特別イヤだということはありません」

俺の言葉にオルガノさんは笑みを深め、シリカさんは表情が暗くなってしまった。ミリスさんなら笑みを曇らすことはなかっただろうな。代理とは言っても経験が浅い普通の受付係なんだろうな。

「それではヤマト様、早速一件目の住居へ行きましょう」

「あ、はい。えっとシリカさん行きますよ？」

「――はい。サポートは任せてください」

まぁ家の良し悪しを判断してくれるなら助かるけど。

「ダメですね。ここでは商業ギルドが遠すぎます」

「ダメですね。ここでは貴族の住宅地に近すぎます」

「ダメですね。ここは家が狭すぎます。使用人用の建物もありません」

「ダメですね。ここは家が古すぎます。ヤマト様には合いません」

…………。…………。うん。シリカさん、退場！

「貴女《あなた》、邪魔ですわよ？　いい加減に黙りなさいな。それとも黙らせて欲しいのですか？」

どうやらツバキも腹に据《す》えかねていたみたいだ。俺がレッドカードを突きつける前にその気配を感じ取ったのか先に言ってくれた。……言い方がちょっと過激な気がするけど、異世界だしこんなものなのかな？

「え⁉　い、いきなりなんですか！　私はヤマト様のサポートですよ？　文句を言うならこのような物件しか用意できなかったオルガノさんに言うべきでは⁉」

うーん。確かにオルガノさんが見せてくれた物件はピンと来るものがなかったけど、それでも文句ばかり言いすぎでしょう。

オルガノさんが用意していた屋敷は貴族のお屋敷みたいな大きな家で、とても三人で住めるような家ではなかった。

使用人は用意するって言われても頷《うなず》けるわけがない。なんでFランクの薬師《くすし》がこんな家に住めるんだって噂になるわ！

二件目の物件はお風呂があり一件目よりは小さく狙い目だったのに貴族の家が一五件

先にあるからってダメ出しされたからな。

家の設備や地域の安全性、利便性より貴族の屋敷が近くにあるからダメって少しおかしいよね？ 貴族の屋敷の傍《そば》に住みたいわけじゃないけど、オルガノさんが言うには貴族街は警備面に優れているし、屋敷の大きさも他と比べると広いらしい。それにお風呂が備えてあるのは主に貴族街の屋敷になるそうだ。

「オルガノさん。僕が求める家の条件は一にお風呂、二に台所、三に警備面です。工房は、ないなら一部屋潰して工房にしますから専用の工房がついている必要はありません。その上で利便性が良ければ言うことはありません。僕が言う利便性は中央市場に近いことであって商業ギルドやお偉いさんの屋敷が近くにある必要はありません。この条件で空《あ》いてる物件はありませんか？」

この国では自宅で食事を用意するのは貴族や大きな商家だけで、大多数は食堂や屋台《やたい》で食事を済ませるのが一般的らしい。食事の用意をする時間や手間が無駄であり、一人から数人分の食材を用意するより大人数の食事を用意した方が安上がりになるそうだ。そのため屋台での食事は一食三〇〇G《ゴールド》もあれば事足りるそうだ。

ただ俺の場合はツバキ達がいるし、食堂で混雑の中で慌《あわ》ただしく食事をするより自宅で二人の手料理をテーブルを囲んで食べる方が夢があっていい。この世界に来る前は一人で食べることがほとんどだった気がする。昨夜、宿屋の食堂で二人と一緒に食べた食事は周りの雑音が酷《ひど》かったけどそれでも楽しく心地よいものだった。

風呂と台所は今の俺には最低ラインだ。警備面はツバキがいるから問題ないだろう。あるとしたらシオンの体調が悪くて一人家に残ってしまう可能性があるから、そこだけは考慮しないといけないけど。

「……。そうですね。それでしたらいっそ中央通りにある屋敷にしましょうか。確か王都に進出した商人の屋敷が空いておりました。こだわりがある商人でしたので屋敷の改装がされておりお風呂や台所が設置されております。敷地も元は貴族の別宅だったので柵《さく》で仕切られておりますし、貴族にしては狭いですが商人としては広いくらいのお屋敷になります。問題があるとすれば中央区は人通りが多いので警備面が少し気になりますが、ヤマト様であれば問題は最小限に抑えられるかと思います」

ふむふむ。話を聞く限りなら俺の要望は十分に適えられているみたいだな。改装もできるなら気になる点は後々改装していけばいいだろう。ただ商人としては広い屋敷ってところが気になるな。あまり目立ちたくないからな。……とはいえ家を用意される時点で十分目立つか。ならいっそ開き直って良い家に住むか。ツバキ達と一緒に生活するんだ、みすぼらしい生活は絶対イヤだ。築五〇年のオンボロワンルームのアパート暮らしを異世界で再経験したくない。……嫌な記憶は残っているんだね。

「ダメです！　中央区は警備が行き届いていないですし、あの屋敷は商業ギルドから少し離れています。ポーション作製用の工房もありませんし、使用人の部屋も離れではなく屋敷に備わっています。それに建物の所有権は貴族家が有していたはずです」

……また駄目出しか。それも俺が言った、工房は不要でギルドから離れていても構わないって言葉を考慮していない。

たぶん商業ギルドの偉い人から商業ギルドの近くを薦《すす》めるように言われているんだろうけど、それはオルガノさんも同じだろう。領主に仕えている家臣《かしん》なんだしね。実際さっきまで見ていた物件は貴族街に近い場所が多かった。でも、俺の話を聞いて貴族街から離れ俺の希望に合った物件を紹介してくれようとしている。文句だけ言う人物の発言に説得力はないし、揚げ足取りをやっているようにしか聞こえない。

「シリカさん。そこまで言うのでしたらそちらは物件を用意できるのですか？　オルガノさんが今言った物件は僕の希望に添《そ》った物件だと思いますけど。これ以上の物件を貴女は提示できるのですか？」

「もちろんです！　商業ギルド所有の物件がギルドの傍に数点あります。もちろん工房付きですし、利便性も完璧です！」

「オルガノさん。彼女が言っている物件について意見はありますか？」

「ええ。商業ギルド付近にある物件でしたら私も知っていますが、まずお風呂《ふ》——この場合の風呂とは湯舟《ゆぶね》がある物としますが、これがある物件はありません。次《つ》いで台所がある物件も少なく、一様に狭いです。唯一の利点としましては工房の設備が他と比べて良いことでしょうか」

湯舟がなくとも宿屋のように身体を拭《ふ》くスペースが用意してある家はあるそうだ。でもそれは俺が求めるものじゃない。そして料理をすることを考えて作られていないのでグラスを洗ったりなどちょっとした洗い場があるだけの物件がほとんどで台所と呼べる設備が整っている家は少ないそうだ。その代わり工房部分は住居スペースと同じ程度取ってあるので広く設備も整っているそうだ。

「ポーション職人が住まう家ですから工房が全てでしょう。商業ギルドの近くには食堂や露店も数多くありますし、お風呂場もあります。家の設備としては満足できる物件ばかりです！」

お風呂場とは銭湯のようなものかと思ったけど、熱の魔石を使用した蒸気風呂で湯舟はないそうだ。

そもそも家に風呂と台所が欲しいのであって近所にあっても意味がない。俺の要望を聞くつもりがあるのか謎だな。

「ヤマト様はそこらにいるポーション職人とは違います。先ほどの発言からも通常の設備ではなくヤマト様独自の工房が必要であると推察しました。ならば既存の工房を改築するより一から作った方が良いと思います。そしてそうなると工房以外の設備に要点を置くべきです。ヤマト様自身が仰いましたが風呂、台所、警備、これらがヤマト様の要望であるのですからこれらが備わっていればあとは工房を作るだけで済みます。商業ギルドが提供する物件では、風呂、台所、警備面、そして工房の全てをやり替える必要がありますね。そして貴女が私に散々言ってきたことですが、使用人の部屋が家の外にはありませんよ？」

「使用人はギルドから派遣しますから信頼できます！　休息もひと部屋用意して頂ければ問題ありません！」

……。なんて言うか、ダメダメだな。オルガノさんも呆《あき》れた顔してるぞ。そしてそれに気づいていないシリカ嬢。

シリカにはさっき自分が言ったことの責任を取れと言いたい。自分は良くて他人はダメってそんな暴論をこの場で言う商人と取引なんてできるわけがない。

だいたい使用人が欲しいとは思っていないけど何がどうなればギルドから派遣される人物が信頼できるんだ？　その根拠をまず答えて欲しいものだ。

ポーション職人専用の優れた工房なんていらない、ポーションを作る真似事ができる部屋がひと部屋あれば事足りるからな。そんな本物の職人が使わないといけないような設備は俺にはもったいないだけだ。

オルガノさんは俺の要望に真摯《しんし》に応えて物件を紹介してくれたけど、シリカは商業ギルドに有利になることだけで選んでいる感が酷い。どっちを選ぶかなんて考えるまでもない。

「オルガノさん、物件を見に行かせてください」

「畏《かしこ》まりました」

「ちょ、待ってください！　私の話聞いてましたか⁉」

お前が俺の話を聞いていたのか？　俺の要望ではなく自分の考えを押しつけようとしている奴のどこがサポートだよ。

「止まりなさい。それ以上近づくと排除しますわよ？」

「ひッ！」

俺がオルガノさんを促《うなが》して件《くだん》の元商人の屋敷を見に行こうとするとシリカが駆け寄ろうとしたようだ。ツバキに抱きしめられて前を向いている俺からはシリカの顔は見えないけど小さな悲鳴が聞こえた気がする。ツバキの声は普通だったけどシリカは随分怯《おび》えた声だった気がするな。睨《にら》まれたのかな？

「シリカさん。ここまでで結構です。あとは自分で選びます。お忙しいところお時間作って頂きありがとうございました」

「………」

返事がない、屍のようだ。じゃなくて。

「ツバキさん。身体が固定されて後ろが見えないのですが？」

「主様は見なくて大丈夫ですわ。少々主様の視線に晒《さら》すには問題がある状況になりましたので」

なにそれ。逆に見たいんだけど。

「旦那様《だんなさま》、新しい家を早く見に行きましょう。後ろを振り返っても意味はありませんよ」

「そうですわ。次の家は期待が持てそうですもの。早く参りますわよ」

結局後ろを見ることはできないまま、俺はツバキに抱えられるようにしてオルガノさんのあとを追うことになった。

ツバキの胸の谷間に頭が埋《う》まりいつもとまた違った心地よさがあったと記載しておこう。


「ここがお屋敷になります。どうぞ中へ」

オルガノさんに連れて来られたのは中央区にある市場からほど近い住宅通りにある一つの屋敷だった。

周りの家と比べて倍以上大きな屋敷は通りから見ても一目瞭然《いちもくりょうぜん》で目立っていた。俺が日本で住んでいた一〇室あるボロアパートより大きい気がするのは気のせいだろう。

敷地面積は周りと比べると三倍ほど広く、敷地の周りは鉄柵で囲まれていて正面には大きな門がある。

屋敷の周りには庭があり屋敷は二階建てで見た目は綺麗《きれい》だ。何年前に引き払ったのか知らないけどキチンと整備されているようだな。

門を抜けると綺麗な石畳《いしだたみ》が屋敷の入り口まで真《ま》っ直《す》ぐ続いていて周りの庭には芝が植えられていた。

貴族の屋敷にしては小さいらしいが最初に見せられた貴族街の屋敷より小さく俺としては問題なかった。……。これだけ大きな屋敷が小さく見えるって最初の屋敷で感覚が狂ってしまってるな。

屋敷の玄関扉を開けて中に入ると綺麗に清掃されているようで埃《ほこり》一つ舞っていなかった。

高級そうな絨毯《じゅうたん》や家具はそのまま残っているみたいだ。

「四年前に元の持ち主が手放してからは貴族家の使用人が持ち回りで清掃しておりましたからすぐにでも住めますよ」

この屋敷の所有者は今は領主になっているそうだ。貴族家の使用人が見習いの指導を行うのに使ったりしていたらしくベッドのシーツも常に清潔に保たれているそうだ。

「部屋数は一二部屋と少ないですが台所と食堂、お風呂が別にあります。一階の奥に大広間があり、そこが三部屋分の広さがあるので工房に改装するとよろしいのではと思います」

オルガノさんの説明を受けながら屋敷の中を見て回る。家具は大半が残っていた。貴重な家具や高価な置物以外は残っているらしい。この世界での引っ越しは馬車になるだろうから大きな荷物を遠くまで運ぶのは大変だろうからね。引っ越した先で買った方が安上がりになる場合もあるみたいだ。

台所も広く調理器具も食器も残っているみたいだ。さすがに食材はないけどね。

そして一番気になっていたお風呂は想像以上だった。

「これは凄いですね」

ふた部屋分の広さの浴室に黒いまだら色の石造りの床。四角に加工された白っぽい石で組まれた浴槽《よくそう》。八人くらいは余裕で一緒に入れそうな大きさだ。

「黒水石《こくすいせき》を使った床に大理石《だいりせき》を使った浴槽です。元の持ち主がお金に糸目をつけなかったようで貴族の屋敷レベルの浴室に仕上がっておりますよ」

黒水石は水捌《みずは》けの良い石らしく浴室に適しているそうだ。ただ値段が高く庶民《しょみん》どころか下級貴族でもこれほどの浴室は中々用意できないそうだ。

領主がこの屋敷を手元に置いているのもこの浴室があるからだとオルガノさんが言っていた。

「これだけの浴槽でしたら水を溜めるのも一苦労ですわね」

うん？　………。もしかして水道ないの？

「オルガノさん？　水道ってありますよね？」

「この辺りで上水道が使われている地域は少ないですよ。下水道は整備されてますので排水は問題ありません。この辺りでは水は井戸の汲《く》み上げになります。もしくは水の魔《ま》石《せき》ですね」

中央区の住宅地は数十軒に一か所井戸が用意されているらしく、生活水はそこから汲み上げるそうだ。一部の国には上下水道が通っているところもあるそうだけど、この国では王都の一部以外は貯水池の関係でほとんどないそうだ。

水の魔石は魔石が周囲の水分を集めて水を生み出すらしい。魔石に込められている魔力量分の水が出るそうだ。お値段は高めで貴族や大商人しか使わないそうだけどね。

ただ魔石を通って水が出ることで浄水されるそうで綺麗な水が出て来るらしい。飲料水や料理水として使っている高級店もあるそうだ。

「元の持ち主は使用人を雇って水を溜めさせていたようです。この屋敷の敷地には井戸がありますから他の家に比べると楽だとは思いますよ」

この家は本当にお金がかけてあるようでこの家専用の井戸が掘ってあるらしい。以前は数人の使用人が協力して水を溜めていたみたいだ。浴室の壁に浴槽へ繋がった水を入れる管がある。裏庭の井戸で水を汲み上げてこの管を通って浴槽に水が溜まるようになっているのか。まぁそうしないと汲んだ水を玄関からここまで運んで来るのは難しいものがあるだろうな。

「大きな樽《たる》かタライを用意して頂ければ私が数回通うだけで溜まりますわ。主様は心配しなくても大丈夫ですわよ」

両手をいっぱいに広げて樽の大きさを伝えてくるツバキだけど、そんな大きな物を持ってどうやってここまで来るつもりだろうか。それ以前にそんな大きな樽に水を入れて持ちあがるのか？

……いや、そんなことよりツバキに水汲みをお願いするとさすがに申し訳なくなって毎日利用できなくなってしまう。水汲み専用で使用人を雇うか。俺の愛の巣に他人を入れたくはないけど裏庭から水を流し込むだけならギリギリ妥協《だきょう》ラインだろう。

「水に関しては考えがあるから置いておこう。水を温めるのは熱の魔石ですか？」

「そうなります。この広さでしたら小魔石で十分だと思います」

熱の魔石は宿屋で買ったから知っている。タライに入れたのは小指の先くらいのクズ魔石だったけど、この浴槽なら親指くらいの小魔石で良いみたいだ。

この世界の生活に欠かせない色々な種類の魔石だが、ダンジョンで採掘されているそうだ。この街から向かえるダンジョンにも魔石が発生するポイントがあるそうで、この街の特産になっているのが熱の魔石と火の魔石らしい。火山系のダンジョンなのかな？

そう言った理由からこの街で熱の魔石は結構お買い得なのでお風呂を温めるのは問題ないだろう。これでお風呂に関しては問題なしだな。

「台所も問題ありませんし、お風呂も完璧。市場にも近いですし屋敷の広さも大きすぎるくらいだから問題ありません。オルガノさん、この屋敷に決めて良いですか？」

問題があるとすればこの屋敷の持ち主が領主であることか。借家になると思うけどまた俺をこの街に縛るために変な条件をつけてきそうだな。

「はい。大丈夫ですよ。領主様からは私の権限で貸せる物件であればどこでも構わないとのお言葉を頂いておりますので。家賃に関しても領主様の持ち家ですから特別に無料になります。屋敷の改築をする場合は私かメルビンさんに一言お願いします」

……あれ？　いやらしい条件はなしですか？　月に一〇〇万Gとか、毎日この家に帰ることとか、領主の指定する使用人《スパイ》を住まわせるとか、どこぞの貴族の娘を嫁《めと》れとか。そんなのないの？

「……この家に住む条件はないんですか？」

「ええ。ありませんよ。本当は別の屋敷だった場合はいくつか条件もあったのですが、この屋敷であれば無条件で構いません。……ただこれは条件ではありませんが、一点お願いがあります」

やっぱり来たか。条件ではないけど断るなら話が変わってきますっていう事実上の条件なんだろ？

「なんですか？　内容によってはこの屋敷を諦めて商業ギルドに空き家を紹介してもらいに行く必要があるかも知れませんが」

「いえいえ、これはヤマト様が判断してくれていい内容ですのでここに住むのは決定事項で構いませんよ。それでお願いですが、領主様のご要望で領主様の娘であられるベルモンド家三女ヒロネ様をメイドとしてお傍に置いてくれないかと仰られておられます。花嫁修業で一通りの家事仕事は完璧に熟《こな》されるのでメイドとしての技能は問題ありません」

……………どっからどう聞いても領主家からのスパイだろッ！　貴族の娘がメイド？　俺は王族か⁉　ここは王城かよ⁉

あからさまに送り込んできたな。使用人は雇うつもりなかったけど、断ると角が立つか。……面談をしてから決めるか。ポーションの秘密さえバレないなら問題はないだろう。ツバキの監視を掻《か》い潜《くぐ》って秘密を暴けるなら潔く負けを認めよう。

「一応面談をしてから判断するということで良いですか？　相性《あいしょう》が悪いと感じたら断るかも知れませんけど？」

「はい。大丈夫です。ヒロネ様は勤勉で真面目《まじめ》な女性です。まだ婚約者も決まっておりませんから機会があればお二人で街を散策されるのもいいかも知れませんね」

……それはデートか？　領主の娘を娶れと言うつもりか？　ヤダよ？　絶対面倒だろうそれ。貴族社会に関わりなんて持ちたくない。たとえ絶世の美女だったとしても天使のような可憐さだったとしても、ウチの二人に敵うわけないし。同レベルだったとしても貴族の娘って時点でマイナス評価ですよ。というかツバキ達レベルになるともうね、どっちが綺麗でどっちが可愛いとか俺には判断できませんから。

「会ってから考えますね。面談は後日で構いませんか？」

「可能であれば本日お願いできますか？　この屋敷に決めたと領主様に報告すれば本日中に訪問されると思います。その際に使用人がいないのは失礼になりますので」

……領主を迎えるのに使用人がいないのが失礼？　なら来るなよ。引っ越し当日に訪問するヤツは失礼じゃないのか？　まだお茶の一つも用意していないぞ？　生活用品の買い出しもあるし、部屋決めや設備の点検とかすることは多いんだぞ？　それにツバキ達は俺の従者だぞ。使用人と呼ぶのは嫌だけど真似事くらいできるだろう。

……。高位の者を招待する時に亜人《あじん》の使用人を使うのは失礼なんだと。ふざけんな！　招待してねぇよ⁉　勝手に来るんだろうが！

この国に亜人差別があるのは分かっていたけど思ったより根深そうだな。街中でツバキ達の美貌《びぼう》を見ても誰も羨《うらや》ましがらないのはそういう理由か。……ふざけんなよ？　そんな理由でツバキ達は蔑まれていたのか……？

「主様？　私達は大丈夫ですわよ？」

「はい。慣れていますから」

は、ハッハッハ。慣れている、そうか。……上等だ。やってやろうじゃねぇか。

「オルガノさん、ヒロネ様はいつお越しになりますか？」

「良ければすぐにお呼び致します。ですが、その前にこちらの契約書にサインをお願いします。屋敷の使用依頼書になります。領主様には許可を頂いていますのでサインを頂いた時点でこの屋敷はヤマト様に使用が許可されます」

オルガノさんが案内した物件であればどれでもすぐに許可が下りる手筈になっていたみたいだ。契約書には既に領主のサインが入っていた。

契約書の内容にも不審な点は見受けられない。一応ツバキも背後から覗《のぞ》いているけど何も言ってこないから大丈夫そうだ。

俺がサインをするとそれをしっかり確認してから屋敷のカギを渡してくれた。

「はい。間違いなく。これでこの屋敷はヤマト様に使用権があります。工房の用意も必要でしょうし奥の広間を改装するのであれば大工職人を手配しますが、いかが致しましょうか？」

「……そうですね。ヒロネ様のあとに呼んでもらえますか？　内装や費用の話もありますし」

「工房の改築費用は領主様がお支払いになります。ヤマト様は大工に要望を伝えて頂ければ最優先で作業に取りかかってくれるはずです」

随分と気前がいいもんだな。三〇億Gがあるからか？　ポーション職人は優遇されるって言ってたからなのか？　ま、用意してもらえるものはありがたく頂戴《ちょうだい》しますけど。

「ありがとうございます。それじゃヒロネ様が来るまで屋敷の設備の確認をしてますね」

「分かりました。それではすぐにお呼び致します。大工職人も手配しておきますのでご活用ください。それではまた何かございましたら「オリビン商会」までお知らせください」

オリビン商会ってもしかして商業ギルドに属していないのか？　領主様直属の臣下が経営している奴隷商、その他の業務も一任しているみたいだし、貴族側の商会って感じなのかも知れないな。

「初めまして。私はベルモンド家三女、ヒロネ・ベルモンドです。本日はこのような機会を頂き感謝申し上げますわ」

オルガノさんが屋敷を出て一時間もしない内に豪華な馬車が屋敷の前に止まった。間違いなくオルガノさんが言っていたヒロネ嬢だと思い、屋敷の中に入れるのも嫌なので玄関前で待っていると馬車の中から豪華なドレスを着たお嬢様が出てきた。

この国のメイドはドレスで仕事をするのかな？　それとも自分であればメイド以外の役割が与えられるとでも？　シオンの顔を見てから鏡を見てみろ。ただの美人が太刀打《たちう》ちできるレベルじゃないんだよ！

——さて、俺が少し、僅《わず》かに、ちょっとだけ苛立《いらだ》った理由だが、この女、玄関前にいるからって俺を見て使用人と勘違いした上に俺にくっついているツバキを見てこれ見よがしに顔をしかめやがった。

そして口元にハンカチを当てながら一歩下がり主人を呼びなさいと命令をして、小声で「亜人臭くて堪りません」と零《こぼ》しやがった。

俺とツバキを蔑んだ目で見て、更に花の香りがするツバキを、臭いだと？　……俺達は汚物か？　性格が透けてるぞ？　外見を豪華なドレスで取り繕《つくろ》っても中身が腐ってる。相容《あいい》れないのが確定した。

この女は敵だ。あのクソ受付係と同じニオイがする。権力を笠《かさ》に着て色眼鏡《いろめがね》でしか物事を認識できていない。

俺が動かないことで顔に苛立ちを浮かべた時、背後にいた執事のような初老の男性に耳打ちされるとパッと表情を入れ替えて、先の懇切丁寧《こんせつていねい》な自己紹介をしてくれたよ。それまでのやり取りがなかったかのように。

「——これはご丁寧にありがとうございます。商業ギルドFランク薬師のヤマトです。

昨日登録したばかりの駆け出しの若輩《じゃくはい》ですが、いずれはDランク辺りになれることを夢見ている平民です」

「……Fランク？　昨日登録？　……Dランク？」

ヒロネ嬢は小声で俺が言ったことを呟《つぶや》いているみたいだ。メルビンさんに渡したCランクポーションのことは聞かされていないのか？　執事とコソコソと目の前で内緒話をして執事に諭《さと》されたのか引《ひ》き攣《つ》った笑みを浮かべながら再度俺に向き合ってきた。

「――本日はヤマト様のメイドとして働くために参りました。私の部屋に案内して頂いてよろしいですか」

……なんで雇われることが確定しているみたいに言ってるんだ？　後ろの執事さんが額に手を当ててるぞ。

こんな女と一緒の屋敷で生活できるわけないだろう。……やっぱり貴族はダメだな。メルビンさんには色々助けてもらったし世話になっているから少し影が見え隠れしているのは許容範囲だけど、セルガやこの女は駄目だ。こんな奴らが貴族の標準だとすると貴族にはろくな者がいないことになる。

そもそもこの国の価値観が俺とは合わないのが原因なんだろうけど。

今さら取り繕われてもツバキや俺のことを見下しているって自白しているようなものだからな。誰がそんな奴と生活できるんだよ。

面談して相性の確認はしたからオルガノさんに義理は果たした。これで問題ないだろう。

「お断りします。僕は貴女を雇うつもりも働かせるつもりもありません。お引き取りください」

「なッ！　下民風情《げみんふぜい》がこの私に――⁉」

執事さんが慌《あわ》てて俺とヒロネ嬢の間に割り込んできた。ヒロネ嬢は執事さんの後ろで真っ青になってプルプルしている。

俺の眼光に恐れをなしたか。ふっふっふ、別になにもしませんよ？　俺は。……まぁ、少し可哀相にも思えるから頭を揺すっておくけど。

「ヤマト様、どうやらお嬢様は勘違いをされておられるご様子。こちらに敵意はありません。少しお時間を頂けますでしょうか、お嬢様にご領主様のご意向を詳しく説明して参りますので」

ツバキの圧が緩《ゆる》んだのか執事さんが汗を拭きながら釈明しているけど、もう遅いよね。口にした言葉は戻りませんよ？　下民は物覚えがいいのです。

「いえ結構です。オルガノさんと約束した通り面談は行い、既に面談は終わりました。結果は今回はご縁がなかったということで。それでは僕は仕事がありますので失礼します」

有無を言わせず中に入り扉を閉めた。扉の向こうから女性の苛立った声が聞こえてきたけど気にするだけ無駄だな。

あんな女を雇うわけないだろう。メルビンさんは何を考えているんだ？　スパイとして送り込むならもう少しマシなのがいないのか？

せめてツバキ達レベルの美女とか料理や家事が神憑《かみがか》ったスーパーメイドとかお淑《しと》やかで清楚《せいそ》なお嬢様とかさ。

だいたい俺が商業ギルドでセルガに……。そうか、貴族の子弟《してい》にやられたってワザと言わなかったんだったな。でもだからってあんな横暴《おうぼう》な態度を取る女を俺が使うと？　鎖がついているから断らないと思ったのか？　断りますよ？　心の中でボロクソ文句を言いながらなんでもハイハイ言うのは社畜《しゃちく》時代だけで十分だ。

この世界では思っても言わない日本人じゃなく、思いもするけど適度に言いたいことは言える者になる。貴族相手でもノー！　と言える男になりたい。

……見極めと節度《せつど》は必要だけど。

「追い返しましたけど、執事の様子を見るにアレはまた来ますわよ？　次は本気で追い返しましょうか？」

ツバキの本気はなんか怖いから止めようね？　でもまた来られても嫌だな。スパイ志望なら何度でも来そうだよねぇ。明確な理由があったら諦めるかな。

……ポーションを作るのに邪魔って理由があれば無理は言ってこられないだろう。

「次も俺が対応するよ。ツバキが本気出すのは明確に敵対した時だけね？　犯罪者にならないように注意してくれよ？」

「大丈夫ですわ。死人に口は利《き》けませんから」

……。ツバキさん？　怒ってます？　……ヒロネ嬢は何かツバキの逆鱗《げきりん》に触れたようです。

……次はシオンと一緒に対応するかな？

※

「何ですか！　あの態度は！　それにあの亜人の女！　私を殺しそうな目で睨んでいましたよ！　捕らえて罰するべきでしょう！」

ヤマトの屋敷から逃げ出すように馬車に戻ったヒロネは執事のゼクートに不満をぶつけていた。

「お嬢様、旦那様のお話を覚えておられますか？　あの少年には礼を尽くし、懐《ふところ》に入り込むようにと厳命《げんめい》されておられたはずですよ」

カイザークはヤマトのことを隠すために使用人はおろかヒロネにすら詳しいことは話

していなかった。ヤマトのことを知っているのはメルビンとザリックだけであった。

カイザークはヒロネにヤマトのことを教えたら下手に媚《こ》びてヤマトの心象《しんしょう》を悪くさせることを恐れ、詳しい内容を教えていなかった。ヒロネであれば普段の振る舞《ふま》いでヤマトの心を傾《かたむ》かせることができるはずであると、親バカな一面が裏目に出てしまった結果だった。

「私はキチンと礼を以《もっ》て接しました！　下民のような者に頭を下げ、丁寧な挨拶《あいさつ》までしたのですよ！　それをあの亜人は私を殺そうとしましたよ⁉」

ゼクートはヒロネの被害妄想を聞き心の中で深いため息をついた。ヒロネの専属執事として一緒にいることが多いゼクートはヒロネの裏の顔をよく知っていた。

家族や家臣の前では猫を被り真面目で勤勉な淑女《しゅくじょ》を演じ、たまに街中に出ると平民を下賤《げせん》の者として蔑んでいた。時には貧困地域に足を運び施《ほどこ》しを求める子供や亜人の子を足蹴《あしげ》にして悦《えつ》に入《い》っていた。

何度となく諫《いさ》めようとゼクートが苦言を呈するが自身の考えを変えることをヒロネはしない。彼女は貧困地域の子供や亜人の子を足蹴にすることでその悔しさをバネに子供達の向上心を高めさせようとしているとゼクートに話していた。

しかしゼクートは知っている、彼女が足蹴にするのは自身やゼクートに歯向かうことができない者だけだと。足蹴にしながら頬《ほお》を赤く染め高揚《こうよう》している様子を何度も見てきていた。

「……あの亜人は旦那様がヤマト様の護衛に用意した奴隷です。その筋では有名な竜人ですが、無益な争いは好まないと聞きます。ただし明確な敵意を持って接すれば相応《そうおう》の代償《だいしょう》を支払わせられると言われております。あの二人には決して敵意を持って近づいてはなりません。私の一命では刹那《せつな》の時すら稼《かせ》ぐことは敵いません」

カイザークとレベッカの共同隠蔽《きょうどういんぺい》でツバキとシオンは優秀なポーション職人であるヤマトのためにわざわざ用意された奴隷であると周辺に噂が流されていた。

領主の使用人達もその噂を教えられ、ヤマトがカイザークに呼ばれてやって来た優秀なポーション職人であると認識され始めているところであった。

ゼクートはカイザークが語った言葉からヤマトのことを重要視していると認識しており、ヒロネにも再三無礼《さいさんぶれい》のないようにと伝えていた。しかしヤマトの風貌《ふうぼう》までは知らなかったゼクートは、ヤマトを見た時は出迎えの使用人であると思い、ヒロネを止めるのが間に合わなかった。ヤマトを抱きしめてゼクート達を警戒するツバキを見て件の竜人であると分かり、ツバキが守っている人物こそヤマトであると理解したのだった。

「それでは私の怒りが治まりません！　お父様に言ってあの亜人を私の奴隷にします！　そして身の程を分からせてあげます！」

「お止めください。まず許可はおりませんし、旦那様の不興《ふきょう》を買う行為です」

「それではどうしろと言うのですか⁉　そもそもあの汚らわしい下民が本当にお父様の言っていたポーション職人なのですか！　私はCランクのポーション職人と聞いたからセルガ様がようやくランクアップしたのだと思ったのですよ！　それがFランク薬師を名乗る下民とはどういうことですか！　夢はDランクなどと向上心の欠片《かけら》もない者が優秀なポーション職人だというのですか！　あれならセルガ様のもとに出向いた方が当家のためになります！　そうです、お父様の指示が間違っていたのです！　きっと私にセルガ様のもとに行くように言われたのですよ！」

ゼクートは頭を抱えながら何度目になるか分からないため息を心の中でついた。

ヒロネがセルガに懸想《けそう》していることはゼクートは当然知っていた。貴族の子弟でありながら薬師として優秀な成果を出していたセルガはこの街の貴族達の中では有名であった。この街で初となる貴族のポーション職人として期待されており、ヒロネは英雄に思いをはせるような気持ちでセルガのことを見ていた

セルガはそのことを知っており、何度か交際の打診をしていたが全てゼクートが止めていた。セルガの下心を見抜いていたことと、この二人を合わせることで起こる凄惨《せいさん》な結末を予想してのことだった。

「お嬢様。旦那様は間違いなくヤマト様のもとへ行くように仰いました。……少し時間を置いて再度訪問しましょう。彼も旦那様を接待するためにお嬢様の助けが必要だと思

っているはずです。普段の猫を被ったお嬢様であれば問題なく雇っていただけるはずです」

「ゼクートも言いますね。……お父様のご命令とは言え、この私があのような下民と亜人の住む屋敷で生活をする羽目になるなんて。それも生活の世話をするのでしょう？　あんな女に飢《う》えたような下民が私と一緒に生活して手を出さないはずがないと思うのですけど。お父様は分かっておられるのかしら」

「…………………」

第一印象があんな形でなければその未来もあったかも知れないとゼクートは自身の行動が遅れたことを悔《く》やんでいた。

ヤマトの対応からまだ女や地位に興味がない年齢なのかも知れないと考えていたゼクートは、ヒロネの裏の顔をヤマトに見られたのは痛恨《つうこん》のミスであり、ヒロネの採用は絶望的かも知れないと思っていた。

ゼクートはカイザークからヒロネとヤマトを夫婦にするべく動くように密命を受けていた。

ヒロネを宥《なだ》め、どうにかヤマトに愛想良く振る舞うように誘導し、ヤマトにヒロネの魅力を上手《うま》く伝え興味を持ってもらう必要がある。

（上手く誘導できたとしても竜人にあれほど密着している少年だ。変な趣味を持ってい

る可能性もある。……案外話してみるとお嬢様と気が合うのかも知れないな）
達成不可能なミッションに現実逃避を始めるゼクートを他所に、ヒロネはツバキに仕返しをする方法を考え笑みを浮かべていた。

※

ヒロネ嬢を追い返してから俺達は各自の部屋を選んでいた。部屋は一階には大広間を合わせて四部屋と二階に八部屋あり、一階には他に台所と食堂、風呂場がある。

守備の関係から俺の部屋は二階の奥にある一回り大きな部屋に決まった。そしてツバキとシオンの部屋は俺の隣だ。

一人部屋でも良いと言ったが、奴隷でもあるので二人で一室頂ければ破格の待遇《たいぐう》です、とシオンに押し切られた。ツバキもシオンの世話があるから文句はないみたいだ。

「どうせ私達は夜には主様のお部屋に行くのですから部屋は荷物置き場でしかありませんわ」

ふむ。護衛の観点から言っても別々の部屋では守り辛いからね。でも色々期待しちゃうよ？　毎日二人と一緒のベッドで。

……。俺寝られなくない⁉　生殺しもここまで来ると拷問《ごうもん》ですよ？

「——誰か来ましたわね」

悶々《もんもん》としながら部屋のベッドの弾力を確かめていると唐突《とうとつ》にツバキが立ち上がり窓に近づいた。……まさかもう引き返して来たのか？

『……。おーい！　誰かいないのか！』

ツバキが窓に近づくのと同じくらいに野太い声が屋敷に響いた。窓から見る前に気づいたツバキさんに脱帽《だつぼう》です。

この広い屋敷のさらに外の気配を感じ取っているのか？　宿屋で俺が部屋に戻ってそのまま食堂に行ったのも気づいていたけど、今回はその比じゃないな。頼もし過ぎて男の威厳《いげん》がどっかに飛んで行くようだ。


「お前さんがオルガノさんが言ってた新しいポーション職人か？」

玄関を出ると俺より少し背が低い筋骨隆々のオッサンがいた。一番近い表現ならドワーフかな？　髪と髭の境界が分からないくらい毛むくじゃらなのにあまり不衛生《ふえいせい》だと感じないのは、それがありのままの姿だからなのだろうか。

「たぶんそうだと思います。Ｆランク薬師のヤマトです。よろしくお願いします」

「Ｆランクの薬師なら違うだろうが。本当にお前さんがオルガノさんの言っていたヤマトなのか？」

「同じ名前の人がいるなら分かりませんが、この家を借りて工房を改築して頂くようにお願いしたのは僕ですよ」

「竜人族の姉妹を連れているって言ってたから間違いはないだろうけどな。この街に他の竜人族はいないからな。それにしても随分な綺麗処《きれいどころ》を捕まえたな。大事にしてやれよ？　お前さんに言っても分からんかも知れんが亜人の世界では上から数えた方が早いレベルの美女だぞ」

おぉう？　遂にツバキ達の美貌を理解できる人物が現れたか？　というか人間以外の種族にはツバキ達の魅力が伝わるのか？　……この国の人間が偏見《へんけん》を持ちすぎていて見えないだけかな？

「分かってますよ。不当な扱いをするつもりはありませんし、それは彼女達だけじゃなくて他の種族の方も同じつもりです」

「……お前さん、別の国から来たな？　東洋国の人間か？」

「東洋国？　それはどこにある国でしょうか？」

「違うのか？　東洋国はここから東にかなりの距離進んだところにある島国って話だ。儂《わし》も行ったことはないから噂でしか知らんが、なんでも種族に関係なしに自由に生活ができる国らしい。ただし人間族の入国だけは厳重な審査があるそうだ。その島で生まれ育った人間族が統治《とうち》しているらしいのだが、島以外から来る人間族には慎重らしい。その代わり他の亜人種は比較的簡単に入ることができるみたいだぞ」

生まれ育った人間以外の外から来る人間には注意している国で他種族は歓迎しているのか。転生者が興《おこ》した国に思えるのは俺だけか？　むしろ俺がやりたかったことを先にやられていた感がある。元日本人が興した国なら俺が欲しい物もありそうだし機会があったら行きたいな。

「違いますよ。僕は帝国の片田舎《かたいなか》から来たんです。運よくこの街に辿り着いてメルビンさんに助けて頂いたんです。彼女達にも助けてもらっていますからね。できる限り快適に過ごしてもらいたいと思ってますよ」

「ふむ。ますますもって東洋国の人間に思えるな。しかし儂らにとっては良いことだ。――よし、坊主《ぼうず》からの仕事、儂が責任を持ってやり遂げてやろう！」

意気込《いきご》んでくれるのはありがたいけど、坊主呼ばわりするからツバキから殺気が漏れ出しているぞ。頭を揺すって問題がないことを伝えると視線は弱まったみたいだけど抱きしめ方が強くなった気がする。不満がありますというツバキのサインか。

ツバキの視線に冷や汗を流していたオッサンが、頭の上の胸を揺らして指示を出す俺と抱きしめ方で不満を漏らすツバキを見てニヤニヤしていた。……良いけどね。ただあんまり変な視線を向けるとまた殺気が飛ぶよ？　次は助けないよ？

さて、とりあえず感触は楽しんだし次なる問題に取りかかるか。

オルガノさんが言ってたような俺の専用工房って何をしたらいいのか分からないんだよな。俺が必要としている設備とか器具とかないし、作業がやりやすい配置とかも分からないからな。

オルガノさんは一階の大広間を工房にしたら良いって言ってたけど、確認したら部屋三つ分の大広間はかなり広い。ひと部屋が一五畳くらいありそうな屋敷の部屋なのにそれが三つ分とか俺が一人で使うには広すぎるからね。

「工房の改築についてなんですけど、オルガノさんから何か聞いてますか？」

「オルガノさんからは坊主が言う通りに作ってくれと言われておるぞ。費用は全て領主家が持つから指示通り、妥協《だきょう》なしで完璧なものを仕上げて欲しいと依頼されておる」

……オルガノさん、信頼が重いよ。俺は工房とか分かんないんだから。そっちである程度ひな型作って持って来て！

こんなことならシリカの言ってたギルド一推しの設備とやらを見に行けば良かったな。

「大工の棟梁様《とうりようさま》、旦那様は優れた薬師ではありますが設計に携《たずさ》わる方ではありません。今まではお師匠様のもとで修練を積んでこられて今回初めて自身の工房を持つことになりました。オルガノ様のご厚意はありがたいことではありますが、一から全ての設計を旦那様が指示するのは酷《こく》かと愚考《ぐこう》します。最低限の設備を揃え、そのあと旦那様が必要とされる設備を増設するのはいかがでしょうか？」

おお！　シオン、ナイス！　そうだよ！　俺が一から図面を起こすとか不可能だよ。そもそも最低限の設備があればそれで問題ないし。

「なるほどの。おっと、名乗りが遅れたな。儂はこの街の大工組合長をやっとるダダンガと言う。ふむ、坊主に問題がないなら嬢ちゃんの意見を採用するが良いか？」

このオッサン、大工組合長なのか。って、どれくらいの立場なんだ？　少なくともこの街の大工の中では一番偉い人だよね？　……そんな人が俺の家の改築をするのか。オルガノさん、いや、領主の指示かな？

……俺が指示する工房について調べるつもりもありそうだな。残念、重要な設備なんて存在しませんから。

「お願いします。あ、そうだ。一つ要望と言いますか、工房は二階でも良いですか？」

一階の大広間は広すぎるから二階の空き部屋の一つを工房にしたいんだよね。一階は使用人を雇う時のことを考えて空けて置いた方が良いから必然的に二階になるんだけど、問題ないかな？

「問題ないぞ。少し手間がかかるがの。……坊主に一つ相談があるんじゃが良いか？」

「内容によりますけど？　なんですか？」

「うむ、亜人に対して偏見がない坊主にお願いなのだが、作業の人員に西区の亜人達を数人使って良いか？」

ダダンガさんによると、この街にいる亜人、人間族以外の他種族は仕事が少ないらしい。そして住む場所を維持できなくなった者達が西区に身を寄せているそうだ。

西区はそういった、仕事がなく住む場所もない者達で溢《あふ》れていて、そういった者達はその見た目や住む場所によってまともな仕事が与えられないそうだ。

「連れて来るヤツはちゃんと選ぶし悪さは絶対にさせん。連れて来る前に身体も洗わせるから汚れているってこともない。西区の亜人じゃからな、二人で一人分の賃金で良い。四人連れて来るが二人分で構わん。どうだ、許可してくれんか？」

働きたくても働けない悪循環に陥っている西区の人達の手助けをするためにダダンガさんが仕事を回しているのか。でも亜人だからって二人で一人分ってないだろ。どんなブラック会社だよ。

「良いですよ。ただ賃金は四人分請求してください。領主さんが払わないなら俺が負担しますから。その条件で良いなら許可します」

「――感謝する。その恩義に報《むく》いるだけの結果を約束しよう」

ダダンガさんはこの街の大工の元締めとして色々な仕事を斡旋《あっせん》しているらしいが、この街の人間族の住人は亜人が家に上がり込むことを嫌がるそうで普段は人間の従業員しか使っていないそうだ。ダダンガさんはその大工の腕前から名誉市民として領主から正式な市民権をもらっているそうで、街の住民も嫌な顔はあまりしないらしい。

この街にいる亜人の大半は正式な市民権を持っておらず旅人扱いになっているそうだ。そのため住居を借りることもできず宿暮らしを余儀《よぎ》なくされ、資金が尽きると西区に流れてしまうとのこと。西区はこの街の負の象徴になっていて事件が絶えないらしい。

そのせいで西区の住人を雇ってくれる者がいなくなり、さらなる悪循環になっているそうだ。

「仕事はいつから始めますか？」

「坊主に問題がないなら昼からでも始められるぞ？」

工事するなら荷物がない内の方が良いだろうし生活用品を買い集める前にしてもらうかな。

「ではそれでお願いします。僕達は今から出かけますからカギは預けますね」

工房にしたい部屋をダダンガさんに教えて一緒に屋敷を出る。工事してる最中に屋敷にいても煩《うるさ》いだけだろうし、夕方まで散策しよう。まずはギルドか。

「いいのか？　悪さをするつもりはないが、儂をそこまで信用して」

「ええ。今のところ人間より亜人の方が信用できますし」

どうせ屋敷の中に俺の荷物は昨日買った僅かな物しかない。屋敷に元からあったものがなくなっても俺が気に病《や》むことではないからね。

この街で最も信頼しているのはツバキとシオンだし、ダダンガさんも良い人そうだ。

蹴られたり、罵声《ばせい》を浴びせられたり、バカにされたり、見下されたりしたのは全部人間からだからな。亜人の方が信頼度は高い。

「くっくっく。この街でそのセリフが聞けるとは夢にも思わんかったわい。その信頼を裏切らんと誓おう。安心して出かけるといい」

屋敷の鍵をダダンガさんに渡し、その鍵をしっかりと握りしめたダダンガさんと門のところで別れ、俺達は商業ギルドに向かうことにする。

ダダンガさんは西区で信頼できる獣人達を四人連れて来るそうだ。この世界で初の獣人か。モフモフかな？　フサフサかな？　できれば女の子が良いけどな。男の獣人の毛並みを撫《な》でるのはさすがに無理だからね。

屋敷を出て市場を横切るようにギルドへ向かう道すがら、本日売る予定のポーションを数えると笑みが零《こぼ》れる。

ダダンガさんが来る前に屋敷でFランクポーション三二本とEランクポーション一六本を作製した。それと昨日の夜に宿屋で作ったFランクポーションが一〇本あるので昨日よりだいぶ稼げるだろう。

ポーションは昨日市場で買っておいたバッグに割れないように全部入れてシオンがしっかりと持っている。ちなみにツバキは胸を俺の頭に置いて俺を両手でしっかりと抱きしめている。

「……。私ももっと大きければ……」

シオンがバッグをギュッと抱きしめながら呟いていた。

「大丈夫ですわよ。私の妹ですもの。すぐに大きくなりますわ」

シオンの呟きを聞き、ツバキが胸を揺らしながら答えているけど、それはどっちのことだろう。胸？　身長？

「……旦那様は若い女性と若くない女性、どちらが好みですか？」

ちょっと待とうかシオンさん。若くない女性って表現がおかしいよね？　年齢層が人によって結構幅があると思うんだけど？

「あらあら言いますわね。主様？　柔らかいのと硬いのどちらがお好みですかしら？」

ツバキが俺の頭に胸を押しつけその柔らかさを強調するかのように小刻みに揺らしながら聞いてくる。うん。このタイミングじゃなかったら最高だったかもしれない。でも今は喜べる事態ではないよ？

「お姉さま？　硬いとはなんのことでしょうか？　小さくとも私の胸はしっかりと柔らかいですよ！　旦那様！　確かめてください！」

「ちょっと待て！　お前らこんなところでそんな喧嘩《けんか》するな！　周りの視線を気にしろ！」

現在市場通りのど真ん中にいる。もちろん人通りは多く、俺達の声に周りの人達は面白いものでも見るかのように足を止め見物していた。

それに気づいたシオンは自分の発言を思い出し赤くなって俯《うつむ》いていた。ツバキは気にせず胸を弾ませているけどね。

「ははは！　お兄さん最高だねぇ！　良かったらその子達にどうだい？　せっかく綺麗処を連れているんだ、美味《おい》しい物を食べさせて健康でいてもらいたいだろ？」

威勢のいい声に視線を向けると露店売りの片隅にバンダナを巻いた若いお姉さんが屋台を出していた。食べ物屋台らしく大鍋から湯気《ゆげ》と良い匂いが漂っていた。

「この匂いはシチューですか？」

社畜として働く前はよく自分で作って食べていたなぁ。社畜になってからはそんな時間が取れるはずもなく距離を置いていたけど、久しぶりに嗅ぐこの匂いは食欲がそそられる。そういえば朝食食べてなかったな。

社畜時代は朝飯は抜いていたから気にならなかったけど、ツバキとシオンがいるんだから今後はちゃんと準備しないといけないな。

「おっと、お兄さん食べたことあるのかい？　竜人族を連れているし東洋国の人かい？」

またそれか。亜人に良くするイコール東洋国って構図はおかしいだろ。

……うん？　よく見るとこの人、獣人か？　バンダナで頭が隠れているから耳は見えないけど、背後に細長い尻尾がゆらゆらしている。

「あちゃ～、バレちまったかい？　尻尾《しっぽ》まで隠すと詐欺師《さぎし》扱いされるからね。でもこのシチューは本当に美味しいんだよ？」

……獣人であることを故意に隠したら詐欺になるのか。そして獣人の作った料理を食べない人間が多いってことね。

うーん。初めて獣人を見たけど人間と変わらない。モフモフでもフサフサでもない。お姉さんの尻尾はシュンとしてて細いし猫人かな？　あとは耳に期待だがさすがにバンダナを取るわけにはいかないし今後に期待しよう。

「そうみたいですね。とりあえず三人分もらえますか？」

「え？　三人分で良いのかい？　二人分じゃなくて？」

「もちろん。僕だけ飯抜きになるようなことは、した覚えがないですから」

「はは、了解。すぐに用意するよ！」

屋台に置いてある木の器になみなみとシチューを注いで渡してくれた。器で食べる屋台はその場で食べて器は屋台に返すそうだ。椅子《いす》などは用意されていないので立ったまま食べる。

さすがにツバキも俺から離れてシチューを食べている。俺の頭をテーブル代わりにすることはないようだ。

「これは美味しいですわね。私達は初めて食べましたけど主様は以前も食べたことがあるのですか？」

「うん。結構前にね。でも自分で作るより美味しいかも。肉がもっと入っていたら満点だったね」

「お兄さん、それは酷いよー。私だってたくさん入れたいけど、お肉入れたら予算オーバーするんだよ？　今日はたまたま知り合いから安く仕入れたから入ってるけど普段はそれもなしだよ？」

そうなのか。肉は高いのか。……昨日の宿屋は普通にステーキが出ていたな。柔らかくて美味しかったけどアレってかなり高級だったのか。

「旦那様はこういった庶民の味と高級レストランの料理とどちらがお好きですか？」

「うーん。甲乙《こうおつ》つけがたいかな。料理は食材や調理にもよるけど一緒に食べる相手でも美味さが変わるからね。シオンとツバキと一緒に食べるなら一人で食べる高級レストランより、屋台の方が美味しいよ」

昨夜の夕食でしみじみ思ったよ。一人でボロアパートの一室で食べる料理とは何もかもが違うって。異世界でも一人細々と暮らしていこうと思っていたのに、今では二人により良い生活をさせてあげたいって思っているからな。

ま、面倒事はお断りだけどね。楽しく笑顔で楽して快適に生きていきたい。

「ひゅーひゅー、お兄さん言うねぇー。まさかあたしら亜人に対してそこまで言う人間がいるとは思わなかったわ。本当に東洋国から来たんじゃないの？　お兄さんが東洋国の人間じゃないなら東洋国の人間ってどれだけなんだろうねぇ」

東洋国は亜人の楽園と言われるほど人の垣根《かきね》が低い国だと噂されているそうだ。ただ思いつきで行けるほど近くもなく夢見るだけしかできないそうだが。……楽園を夢見るほど疲弊《ひへい》しているってことだよね。

シチューは想像以上に美味しかった。具が多く一杯で十分に腹が膨れる。ツバキ達も絶賛しているし間違いないだろう。

「美味しかった。ありがとう。ってお代払ってなかった。いくらです？」

「まいど。そうだね、中銅貨八枚でいいよ」

三で割れないな。実際は九枚か？　変に気を遣われてしまったな。確か昨日市場でもらったお釣りの残りがあったよな？

ギルドカードで払えるところはカードで払っているから残金がいくら残っているか分からないんだよね。商業ギルドでもらった革袋に銀貨で払ったお釣りは全部入れてたけど——これが大銅貨かな？

今後は小銭の支払いはシオンに任せよう。大銅貨を一枚取り出して革袋をシオンに、屋台のお姉さんには取り出した大銅貨を渡す。

「お釣りはいいです。美味しかったですから。また食べに来ますね」

「いいのかい？　……ごめんね、変に気を遣わせてしまったね。次来た時は大盛りで用意するよ！」

大盛りか。今のでも結構腹にきてるんだけど。昨日の宿の食事も多かったし太らないように運動もしないといけないな。

「主様はたくさん食べて早く大きくならないといけませんわね」

「大きくなったら胸を置けないぞ？」

「そうなったら腕を組んで歩きますわ。両手に花ですわよ？」

ツバキとシオンが左右から護衛するわけか。……それもいいね。でもなんで早く大きくなる必要があるんだ？

「旦那様、腕を組むなら私がやります！　お姉さまでは無理でしょうけど私ならあまり背丈も変わりませんからできます！」

「ならシオンが腕を組んで私はこのままですわね」

シオンが俺の腕に抱きつき、ツバキはそのままいつものように頭に胸を置いて身体を抱きしめる。……なんだかパワーアップした。

「あははは！　お兄さんモテモテだね！　羨ましい限りだよ」

「……。もう片方空いてますよ？」

「あはは！　私もそこに入れてくれるのかい？　でもさすがに竜人族に交ざって男の取り合いはできないねぇ」

お姉さんはひらひらと手を振って笑っていた。まぁこの状態を笑わない人はいないだろうな。いや、この国の人間は亜人に抱きつかれているおかしなヤツだと思うのか。嘆かわしい限りだ。…………。…………うん？　この国なら亜人ハーレムが築けるんじゃないのか？

「旦那様？　何やら邪《よこしま》な考えをしておられませんか？」

「イイエ、しておりませんが」

「そうですか？　それなら良かったです」

シオンの目が黒い内は無理そうですね。……ま、俺にハーレムは無理だけどね。女心は難しいし、たくさんの女性を相手取るのは気疲れしそうだ。

ハーレム主人公は漫画やアニメで見るから良いのであって、自分が体験するのは遠慮したい。

……二人の美女に囲まれて言っていいセリフではなかったか。

「ようやく辿り着いたな。ここが魔王城」

有象無象《うぞうむぞう》を蹴散らし、多くの支援を受け取り、幾多《いくた》の試練を乗り越え、遂に俺達はこの地に辿り着いたのだ。

「………商業ギルドですわよね？　魔王城？」

「魔物の王の城ですか？　商業ギルドに魔物がいるのですか？」

…………。商業ギルドを前にして思わず呟いた囁《ささや》きが二人にバッチリ聞かれていた……。恥ずかしい……。

「……魔物のような貴族や、それに追従する受付係がいるからね。それを束《たば》ねるここは魔王城かなって。……ごめんなさい忘れてくださいお願いします」

「心配せずとも主様の障害は私が取り除きますわ。貴族の攻撃が主様の身体に触れることはありませんわ」

「私も旦那様をお守りします。魔王城もへっちゃらです！」

「……シオンがイジメる。助けてツバえもん」

「誰ですのそれは？　大丈夫ですわ、魔王城でも魔王でもギルド長でも商業ギルド本部だとしても、主様に敵対するのであれば殲滅《せんめつ》してみせますわ」

ツバキも言うんだね。ただ商業ギルドの前でその発言はどうだろうか？　入ろうとしていた商人さんがギョッとした目で俺達を見ていたぞ。貴族と対等の立場を築いている商業ギルドって話だから貴族に喧嘩を売ってるのと同様の発言になるわけか。

「お前達何をしている？　なにやら不穏なことを言っていたと連絡があったぞ」

おおお。ギルドから警備員が三人も出て来たよ。さっきの商人さんが告げ口したみたいだな。………。顔は覚えたよ。なんてね。

「いえ、ギルドに呼ばれて来たのですが、壮大《そうだい》な建物に圧倒《あっとう》されまして、まるで王城のようだと言っていたんですよ」

「ふむ。確かにこの辺りでは一番の建物だからな。しかしこれで驚いていたら王都の商業ギルド本部を見たら気絶してしまうぞ？　向こうは本当に王城のようだからな」

「――待て、お前、いえ、貴方《あなた》はヤマト様、では？」

「え？　あ、竜人の胸乗せ、いや、竜人を連れた少年か！　こ、これは失礼しました。副ギルド長が中でお待ちです！」

………おい。お前ら俺のことを陰では竜人の胸乗せって呼んでるのか？　……否定はできないけどさ⁉

「旦那様、やはり普段は、その、お姉さまと離れて歩いた方が……」

「何を言いますの。私は主様をお守りしているのですよ？」

「………お姉さま、胸を弾ませて言われても説得力がないです。お姉さまでしたら事前に危険を察知できるでしょう？」

「悪意のない危険の察知は難しいのですわよ？　できますけど」

できるんだ。もう本当に規格外だね。ただ俺は万全を期する人間だから、万が一を考えて不名誉な呼ばれ方をしたとしても安全には替えられない。だからツバキと離れるわけにはいかないんだ！

「……旦那様がもう少し成長されるまでの辛抱《しんぼう》ですね」

シオンに俺の思いが伝わったようだ。言わずとも伝わる、以心伝心っていいよね！

「シオンには苦労をかけるね」

「それは言わない約束ですよ」

ノリがいい。というかそのやり取りどこで知ったんだ？

「主様？　楽しくお喋りするのも良いのですけど、この人達を解散させないと今度は別の名称で呼ばれるかも知れませんわよ？」

ツバキに言われて向き直ると警備員の面々が直立して待っていた。……ギルドで何を教えられたんだろう？　ツバキのことが広まったのか？　俺はセルガに暴行を受けたFランク薬師でしかないんだけど？　ツバキ達を手に入れたことで領主に荷担したと思われているのか？　でもFランク薬師にそこまでの価値はない——そうか、最高品質のポーションの件か。朝にツバキに教えられたんだったな。

でもFランクポーションとEランクポーションしかギルドには見せていないんだけどな。そこまで大袈裟《おおげさ》にしなくても。

——なーんて思っていました。

「ようこそお出でくださいました。当商業ギルド副ギルド長、レベッカと申します。昨日は当ギルドの不始末、大変なご迷惑をおかけしました」

警備員に連れられて中に入るとホールの正面に二十代くらいの女性――レベッカさんが立っており、背後にはミリスさんと同じ制服を着た女性達が二〇人ほど立っていた。そしてレベッカさんの謝罪と同時に全員が一斉に頭を下げた。

――圧巻だった。

たった二〇人、されど訓練された二〇人の一糸乱《いっしみだ》れずのお辞儀《じぎ》には言い表せない凄味《すごみ》があった。ツバキが支えていなかったら後ろに仰《の》け反《ぞ》っていたかも知れない。

ホールには他の客も多くいて奥の窓口は通常営業されていた。そんな中、ホールの中心に副ギルド長と専属スタッフが並び俺に対してここまでの謝罪をしているのだ。周りの商人は唖然として見ており、俺のことを探る動きも見せていた。

――ハッキリ言って、迷惑以外の何物でもない。俺は目立ちたくないんだよ！

「……帰る」

「はい。……貴方達、道を開けなさいな。さもなくば――排除しますわよ」

俺の呟きにツバキがクルリと俺を抱えて踵《きびす》を返して玄関の方を向く。俺達を中に案内した警備員達が玄関前に陣取っていたのでツバキが殺気を飛ばし道を開く。

「ッ！　お、お待ちください！　な、なにか私共に至らぬ点がありましたでしょうか⁉」

「うん。俺の性格を読み違えたね。ギルドとしては異例の謝罪をしているのかも知れないけど俺には逆効果だよ？　俺は謝罪はいらないし、受け取らないって言ったよね？セルガと一番窓口係のことをただの言葉で許すほど人間できていませんから。

　それにこんな大々的にやってギルドの非を認め謝罪していますってポーズが嫌だ。これ俺に謝罪しているように見せて周りへの牽制も含まれているだろ？　こんなイベントじみた用意された謝罪になんの意味があるんだ？　自己満足か？　本気で謝りたいなら加害者連れて来い。罪状ぶら下げてね。

「僕は謝罪を受けに来たのではありません。ポーションを売りに来ただけです。職務放棄されているのなら時間を空けてまた来ます。……来る気になれば、ね」

　商業ギルドにはポーションを買取ってもらいたいけど、それは絶対ではないからね？金の稼ぎ方は別にもある。楽して簡単に稼げる方法がポーションってだけなんだから。並行世界の未来人舐《な》めんなよ？　……パラレルワールドって異世界は含まれないんだっけか？

「お、お待ちください。買取りでしたら別室にて対応させて頂きます。皆は仕事に戻りなさい」

「買取りは一番窓口でしょ？　特別扱いはしなくていいと言ったと思いますけど？」

「その点についても別室にてお話しさせていただきたく存じます。これは特別扱いではなく、ヤマト様と同じポーションを持ち込んだ職人には全員に行う措置《そち》となります」

ふむ。ギルドのルールに則《のっと》ってなら断る理由はないかな。ポーションが売れるに越したことはないからね。

このままここにいても周りの視線が集まるからさっさと移動しよう。……すでに手遅れな気がするけどね。


レベッカさんに案内されて連れて来られたのは昨日の二〇番台窓口ではなく一般窓口の奥にある執務室のような部屋だった。レベッカさんが先導して入り俺達にソファーを勧めてくれた。ツバキ達にも勧めたことが少し意外だった。シオンは俺の隣に座りツバキは俺達の後ろに立っている。そのことにレベッカさんから何か言うつもりはないみたいだな。

「改めまして、私は当商業ギルドの副ギルド長を任されているレベッカと申します。どうぞお見知り置きを」

「初めまして。昨日ギルド登録した新人ギルド員、Fランク薬師のヤマトです。よろしくお願いします」

警備員は部屋の入り口までついて来ていたけど俺が入ると扉を閉めて部屋の前で待機

しているようだ。…………。逃げられないように閉じ込めた？

「……信じて頂けないかも知れませんが、私共商業ギルドはヤマト様とことを構えるつもりは一切ありません。良好な関係が築けることを願っております。昨日の暴行事件もヤマト様に限らず、誰が相手だったとしても止めるべき案件でした。ギルド職員には当会員であるギルド員を守る行動をするようにと厳しく再教育いたしました。今後同じ過《あやま》ちが起こることがないよう努《つと》める所存です」

外の警備員は俺を捕らえたり逃がさないためじゃなく、俺の護衛のために用意したわけか？　……失態を犯したギルド側でも護衛を用意しないと恰好《かっこう》がつかないか。ギルドに来るために護衛を用意しましたってのはギルド側からしたら恥でしかないよな。ギルド内が危険だって言って歩いているようなものだし。……事実だけど。

「問題ありませんよ。昨日の教訓を生かして身の程を弁《わきま》えて行動することにしましたので。自分の身を守れないのであれば守る存在を用意するべきだと理解しました。もう、なんの問題もありませんとも」

「主様に害なす者には一切の容赦《ようしゃ》はしません。そのこと、周知されることをお勧め致しますわ」

「旦那様が我慢したとしても私達が我慢できるとは限りません。努々《ゆめゆめ》忘れられませんように」

「……謹《つつし》んでお受け致します。すぐに信頼が回復できるとは思っておりません。今後の我々の対応にてご判断頂きたく存じます」

ふむふむ。家の場所を商業ギルドの傍にするようにイチャモンつけたり、貴族にあからさまに対抗してきたりしたのはそちらの誠意というわけですね？

「僕も商業ギルドとは良好な関係を築けていけたらと思っています。今回の事件があったからこそ、この二人と出会えたので商業ギルドに直接恨みを持つことはしません」

「寛大《かんだい》な処置に感謝の言葉もありません。今後とも良き関係が築けるように尽力《じんりょく》させて頂きます。つきましては昨日の事件に関して、関与した受付係は一か月間の謹慎処分《きんしんしょぶん》、薬師は一か月間の資格停止処分とします。また一か月分の給与、収益を罰金として徴収しヤマト様への慰謝料《いしゃりょう》としてお支払いします。この期間中に問題を起こした場合は処分期間を永久処分に変更し、ギルドから事実上の追放《ついほう》とします」

………貴族の子弟でありDランク薬師として好待遇だったセルガにこの処分は、ギルド側からしたら結構重いのか？　でも貴族で金があるんだろうから一か月間の資格停止って懐が痛いわけでもないよね？　一か月間薬作って保管すればいいし。一か月分の収益がどれくらいか知らないけど昨日の感じじゃ俺より少ないよね？　受付係に関しては更にね。

俺は怪我《けが》していないし軽い暴行事件としては重い罪なのかも知れないけど、被害者の気持ちが治まるかは本人のみぞ知ることだ。――そして俺は許さない。

「なるほど。では僕が彼に一発ケリをぶち込んでも一か月の資格停止と昨日の収益を払うだけでことは済むのですね？　……あぁもちろん蹴るのはツバキですけど。僕の奴隷なので責任は僕が持ちますから安心してください」

一か月間の収益を払えばいいなら俺はまだ銀貨三〇枚しか稼いでいないからね。あれだけの量を作るのに一か月間かかるって言えばそれでいいんだろ？

ツバキはやる気満々みたいだぞ。軽くデモンストレーションに空中を蹴ったら風切り音が鳴り、部屋の端にあった観葉植物の枝が切れた。

…………。うん、死んだね！

「お、お待ちください。今回の件は異例尽くしで私共も対応に苦心しております。ヤマト様のお怒りはごもっとも。ですが、ここは怒りを落ち着けるきっかけを商業ギルドに託《たく》して頂けませんか？　ご希望に添えるように副ギルド長である私が自ら努力致します。まずはヤマト様のご希望をお聞かせください」

「死刑」

「――」

レベッカさんの動きが止まった。俺も何も言わないしツバキ達も黙ったままだ。静寂《せいじゃく》が執務室を包み込んでいた。…………。そして、時は動き出す。

「ってのは冗談ですが」

「…………心臓に悪いのでそういうことはお止め頂けると嬉しいですね」

おっと、レベッカさんの額に青筋が浮き上がってしまった。いやー、だってレベッカさんが下手に出まくってくれるからさー。俺はただのFランクなのにそんな下手に出たら調子に乗るよねー。――そんなに最高品質のポーションが欲しいんですね。

「話は変わりますが今日はポーションを五八本持って来ました」

「――拝見しても？」

目の色が変わったよ？　少し怖いから。身を乗り出すの止めて。下手に俺に近づいたら迎撃されても知らないよ？　あ、気づいて座り直した。

「その前に昨日は聞けなかったポーションに関するギルドの規約を教えて欲しいんですけど。知り合いから聞いた話ではポーションを卸《おろ》すには商業ギルドの許可が必要であり、街の商店に直接卸すことは認められていない。これはポーションの品質、管理の問題からだと聞きました」

「はい、概《おおむ》ねその通りです。ポーションには粗悪品から最高品質までの品質基準があり、これを一介の商人に任せるには問題がありますので商業ギルドの方で判断しております。また通常のポーションには使用期限がありますので使用期限が過ぎた物を販売されないように管理をしております」

「ポーションを個人的に売ることも許可されていないのですか？　例えば道端で怪我して倒れている人がポーションを欲しがっていて、それを助けるためにポーションを売るとか」

「商売をするには商業ギルドカードを発行する必要があります。これは詐欺など犯罪を防ぐための措置です。この国、また周辺の商業ギルド加盟国ではこれを破れば国から刑罰が科《か》せられます。商売とは営利目的で商いを行うことを指します。個人間での売買は一定の収益を越えない限り見逃されることが多いです。ただし個人間の商売は国や商業ギルドの定める規定に抵触しませんので一切の保護が得られません。代金の踏み倒し、商品の入れ替えなどの詐欺行為を訴えることはできません」

ふむ。ギルドカードを持つなら平民同士が食料などを少量の売買をしても問題ないけど、商店規模で売買すると刑罰があるって意味だろ。

早い話、俺には関係ないことを難しく言って脅しているだけね？

そして俺の質問に答えていない。

「では商業ギルドカードを持ち、ギルドに登録している僕は個人間で商売しても構わないのですね？」

「…………はい。ですが、ポーションを商業ギルド以外に卸す行為は違法になります」

「違法行為の罰則は？」

「………原則、違反者に通告されます」

罰則を公表していない？　ギルドを通さずにポーションを売ったらこうなるぞ、って脅しをかけていないのか？

「商業ギルドの規定に入っていないのですか？　それを事前に知る権利がポーション職人にないと？」

「………商業ギルドを通さず個人間でポーションの取引をした場合は販売者、購入者ともに一切の保護が得られません。またそれが営利目的であり常習的に行われる場合は最悪商業ギルドを永久追放されます」

個人での取引は自己責任。当然だな。

街の商店に個人的にポーションを常習的に売りに行ったら最悪ギルド資格を剝奪《はくだつ》されることがあるって感じか？

依頼され単発的に売りに行くことはグレーゾーンかな？

「では個人に営利目的ではなくポーションを常習的に売り出した場合はどうなりますか？　こちらにいるシオンは病気のためポーションが必要です。彼女の給金代わりにポーションを差し出すつもりですが、違法ですか？」

「………………。いえ、それは問題ありません」

「では個人間で金銭が発生しない、例えばポーションを渡す代わりに家をもらうことは営利目的ではないし、販売をしたわけでもないので違反とはなりませんね？　あぁもちろん家をもらったあとに売りに出して金銭を得るわけではありませんから営利目的ではないですよね。言わば交換ですから」

「…………。……そう、ですね」

商業ギルドを通さずに卸したら違法。最悪ギルド追放。ギルドカードがなくなるので今後一切の商売活動が違反になる。

「個人間の売買、譲渡は規約に含まれないのですね？　卸し、つまり問屋《とんや》や小売を相手にしないならあとは個人間の責任というわけですね」

「…………」

無言の肯定かな。能面《のうめん》のような笑みが少し怖いですよ。

個人間の取引を許可しないとポーションを家族や親戚の危機に渡すこともできないし、手に入れたポーションを知人に売ることもできないからね。それに貴族が交渉に使えなくなってしまうだろうな。

…………。ふむ。商業ギルドには法的な罰則は存在しないな。国の機関ではなく個人が立ち上げ運営する会社みたいなものであり、貴族に対抗するほど権力を有していたとしても、それはあくまで国の中での話。加盟国の各国王を頂点に貴族層と商業ギルドが横並びになっている感じか。

商業ギルドが下せる罰はギルド員に対して商業ギルドでのみ通じる罰だけってわけだ。まぁ商人ならギルドカードの剝奪は最大の罰だろうけど。

明確な刑罰は商業ギルド加盟国が定めた、商《あきな》いを行うには商業ギルドカードの登録が必要といったことだけみたいだな。

なら俺がメルビンさんと交わした契約は問題ないな。営利目的ではないし、ポーションと購入代金支払義務を交換しただけだし。

あの契約に購入代金は記載されていない。購入代金を自由に決めることができる領主側が購入条件としていた購入代金とCランクポーション一〇〇本を交換しただけだ。

そしてメルビンさん個人と俺個人の契約だ。個人間での非営利目的での取引は個人の責任でありギルドが関与することはない。月に二本の取引だしな。

「……心配しなくても商業ギルド以外で大々的に売ろうとは思っていませんよ？　個人的な取引に使って問題ないか確認がしたかっただけです。そんなギリギリの駆け引きに興味はないですし面倒ですから。手っ取り早くギルドで売る方が簡単で楽ですからね」

「……お心遣い感謝致します」

俺がギルドを見限って別の相手と取引をすることを恐れていたんだろうな。貴族とか貴族とか。

ギルドの対応次第ではそれもあり得たことだったかも知れないけど、それは面倒だからね。持って来てすぐに買い取ってくれるギルドが簡単だし楽だ。貴族とねちっこいやり取りを毎回するつもりは毛頭ないですから。

ただ俺がいつでもそうシフトチェンジできることを理解してもらえたなら変な対応はしないだろう。目立たず簡単に楽して稼ぐための礎《いしずえ》となってもらおう。

話がそれてしまったけど、聞きたいことは聞けたし本来の目的であるポーションの取引を始めようか。レベッカさんが絶対に敵対できなくなるようにね。――貴女は知りすぎてしまった。なんてね。

「本音ですよ？　先ほども言った通り商業ギルドで買取ってもらうために来たのですから。シオン」

「はい。Ｆランクポーション四二本、Ｅランクポーション一六本になります」

シオンは大事に抱えていたバッグから丁寧《ていねい》にポーションを取り出し机の上に並べていく。並べる数が増える度にレベッカさんの表情が輝いていくようだ。……なんか凄い喜んでいる？　金儲けの匂いが漂っているのかな？

「確認させて頂いても構いませんか？」

シオンが並べ終える前にそう言って俺を見てきた。おあずけをくらった犬のようだな。手がワキワキしている。

俺が頷くのを見るとすぐにポーションを手に取り観察する。そしてレンズのようなものを取り出し、それをポーションにかざして見ていた。

「…………。間違いありませんね。最高品質です。それもこれほどの数が」

あのレンズで品質確認ができるのか。やっぱり科学より上の魔道具がある気がする。

あの魔道具があるからギルドで品質管理ができるのか。……一般には出回っていないのかな。

「それは品質を鑑定《かんてい》する魔道具ですか？」

「はい。ポーションであれば正確に五段階で鑑定することが可能です」

「それは一般には販売されていないのですか？」

それが流通していればギルドがポーションを管理する必要ないよね？　……ギルドが独占しているのか。

「これは商業ギルドの秘蔵の一品です。一般に販売はしておりませんね。商業ギルド内でも扱うことが許されているのは一部の者だけです」

「ポーションの鑑定専用ですか？」

「いえ、食料品などにも使えます。もっともその辺りは知識と経験で判断しておりますが。余程の一品以外には使用されませんね」

俺のポーションはギルド職員の目から見ても余程の一品に見えたのかな？　それで鑑定してみたら最高品質だったというわけか。……もしかしてそれが見逃されていたらこんな好待遇はなかったのか？　……ミリスさんか？　余計なことを……。

こんな風に下にも置かない待遇を俺は望んでいなかったんだけどな。

…………。ま、待遇が良くなったんだからそれはそれで良しとしよう。

ポーションを売りに来る度に警戒するのは面倒だからね。今後はスムーズに買取り依頼ができるなら些細なことだと思うとしよう。

「――ヤマト様、このポーションの製造方法をお教え頂くことはできませんか？」

うん？　いや、普通に無理。念じたら出て来るって教えればいいの？　無理でしょ？

教えたくても教えられないから。

「――たとえ拷問《ごうもん》されても教えることはできませんね」

「ッ⁉」

…………。

……………俺は軽はずみなことを言うのは止めた方が良いみたいだ。

俺の言葉を聞いたツバキとシオンから凄まじいプレッシャーを感じる。心臓を鷲掴《わしづか》みにされたように身体が硬直する。

怖くて横も背後も向けない。俺に向けられたものではないんだろうけど狭い部屋にいるせいか俺にまで影響があるようだ。

息苦しい。身体が震える。心臓がうるさい。――そして時が長い。心臓が高鳴っているはずなのにひどくゆっくりに感じる。

なんだろう、この感じ。街中でいきなりライオンに出会い、目が合ったような感覚だろうか。遭ったことないけど。

……この殺気を直接受けているであろうレベッカさんは汗を吹き出しながら俯いている。

うん。ごめんなさい。これは俺の責任だよね。俺が頑張るしかないか。

「――ツバキ、シオン。止めろ」

「ッ！　はッ！」」

勇気を振り絞って声が上擦《うわず》らないように注意しながら声を出したら、思った以上に硬質な声が出た。強く言ったつもりはなかったけど二人は俺の左右で床に膝をついて頭を下げていた。そしてそれを見るレベッカさんの顔が驚きに満ちている。

……いえ俺も驚いています。なんで跪《ひざまず》くの？

「いや、怒るつもりはないよ。椅子に座っていいから」

二人を宥めて立ち上がらせるとツバキまで俺の横に座っていた。いや良いけどさ、どういう心境の変化？

「ヤマト様、軽々しいことを口走ったことを謝罪致します。重ねて申し上げますが、我々商業ギルドがヤマト様を軽んじること、騙し陥《おとしい》れることはありません。今回の発言は

私の私的好奇心によるものでした。不快な思いをさせてしまい大変失礼致しました」

「いえ、大丈夫です。こちらこそ二人が失礼しました。ただその質問に答えることはできません」

「はい。理解しております。ポーション職人の技術は門外不出《もんがいふしゅつ》。そのことを理解しておきながらの発言、殺されていても文句は言えませんでした。寛大な処置をありがとうございます」

いやいやイヤイヤ、なんで今殺されるって単語が出た？　聞かれて断っただけだよね？　え？　この世界の薬師やポーション職人は技術の漏洩で殺されるの？　ツバキに脅された薬師さん大丈夫だったの？

「……えーと、レベッカさん、ポーション職人の技術って生き死にを左右されるほどのことなんですか？」

「ヤマト様の技術であれば致し方なしかと。ヤマト様がお許しになるのであればギルド所属の薬師を弟子に迎えて頂きたいと思うほどです。そして今後ヤマト様のことが公《おおやけ》になれば弟子入りを志願してくる者があとを絶たないかと」

いやいや、弟子とか無理だから。なんにも教えられないから。むしろ俺が教えて欲しいから！

「ご安心ください。主様が望まぬ者は私が排除致しますわ」

いやツバキさん、全然安心できないからね！　志願者って自殺志願者じゃないからね！

「レベッカさん。僕は弟子を取るつもりはありません。弟子入りを志望する人の不幸な出来事を回避するためにも僕のことは公にしないでください。……僕は目立ちたくありません。細々と生活したいのです。正直、先ほどのホールでのやり取りで注目を集めすぎたと思っています。責任を持ってどうにかしてください」

さもないとポーション取り上げます、って視線をポーションに移したら「商業ギルドの全力を以て！」と誠意を以て礎をやってくれるみたいだ。良かった良かった。

「失礼します。遅くなり申し訳ございません」

レベッカさんと今後の打ち合わせをしているとノックされてミリスさんが入って来た。

受付ホールで他の専属スタッフ達と一緒に並んで謝罪していたけど、レベッカさんの一言で他の専属スタッフと一緒に別の窓口に行ったんだよね。……遅れたってことはここに来る予定だった？

「ミリス、そちらは問題なかったか？」

「はい。つつがなく引き継ぎを終えました」

「良し。ヤマト様、今後はこのミリスをヤマト様の専属スタッフとして配属したいと思っております」

……うん？　専属スタッフはCランク以上の特権だろ？　なんでFランク薬師に専属スタッフがつくんだよ。また余計な好待遇か？

「僕はFランクですよ？　専属スタッフをつけて頂く理由がありません。特別扱いは不要です」

「ご説明がまだでしたね。商業ギルドの規定で最高品質のポーションを作製できる者は無条件でCランクに昇格させるように定められています。そのためヤマト様のランクは既にCランクとなっており、専属スタッフを配属する条件を満たしております。それに目立ちたくないのであれば買取りなどのご用命の際に専属スタッフがいれば窓口で待つ必要もなく、専用窓口にて秘密裏にお取引が可能です」

その代わり専属スタッフをつけられているって噂が立つわけね。そんな規定があるなら、昨日までFランクだった者がいきなりCランクになったのは最高品質が関わっているって宣伝しているようなものだよね？

「ご安心ください。ヤマト様が目立ちたくないご様子だったので私の方でヤマト様が持ち込んだポーションがCランクだったと噂を流しております。私の元専属商人の方にも専属入れ替えの際にヤマト様の名前を伏せた上でご説明しております。利に聡《さと》い商人であれば最高品質ではなくCランクポーションの方に真実味を感じそちらを信じます」

ギルドランクがCランクに上がる条件にCランクポーションの作製も該当《がいとう》するみたいだ。普通の者なら最高品質ではなくCランクポーションを作れることだと認識するそうだ。つまり俺はCランクポーションまで出しても問題ないってこと？

「ヤマト様がこの街に来たのは師匠からの修行の一環であると噂を流しましょう。弟子であるヤマト様になら弟子入りを望むことはできません。それにヤマト様のことは領主様と共同で包み隠します。ヤマト様が他所《よそ》でポーションを使わなければ存在がバレることはないでしょう」

俺の存在を包み隠す？　領主と一緒に？　……なんだ？　手回しが異様に良い。俺の性格を理解している？　ミリスさんなら俺が細々と暮らしたいって知っていただろうけど、領主？　……貴族と裏で繋がっているのか？　領主側の情報もレベッカさんに流れている？

「なぜ領主様の名前が出たのですか？」

「……実はヤマト様がそちらのお二人を領主様から譲られたと伺い、事実確認のため領主邸に行き話をしました」

……代価は払ってるからね？　借金まみれですからね？　領主に警護のために無条件で譲られたわけじゃないからね？

領主と商業ギルドが協力態勢になっているならCランクポーションのことも知っているのか？　月に二本って言ってるからそこはそのままの方がいいか。領主側にもレベッカさんの情報が流れている可能性もあるわけだし。

「どんな話をされたのか興味がありますね」

「他愛もない世間話ですよ。話の流れから当商業ギルドと領主家でヤマト様をもてなそうといった話になっただけです。そのため今後の懸け橋にヤマト様と交流のあるミリスを専属スタッフに選びました」

大々的に謝罪をしたのは領主側に対する牽制も含まれているのね。商業ギルドが非を認め観衆の前で謝罪をする。わだかまりはなくなりましたよ、って領主側に見せつけたかったのか。……でも俺が受け取らなかったわけだから失敗だよね？　……やったことに意味があるのか。目撃者は多いし。ふむ。俺が目立ちたくないと知っておきながらあの場で謝罪したのね。……責任取れないなら後悔させてやろう。

「ヤマト様、私が専属スタッフとして対応させて頂けるのであれば商業ギルドで行うことができる全ての業務を受け持ちます。ポーションの買取りから薬草の販売。生活用品の手配に住宅兼工房の用意に至るまでヤマト様のお手を煩《わずら》わせることはありません」

……うん？　それ買取り以外必要か？　それに住宅の用意？　シリカ嬢のことは聞いていないのか？

「――そういえばヤマト様、シリカとは一緒に来られなかったのですか？　家の設備の手配をさせているのでしょうか？」

……シリカ嬢。報告に戻っていないのか。

「家は決まりましたよ。オルガノさんが紹介してくれた中央区の元商人が住んでいた豪《ごう》邸《てい》です。シリカさんは邪魔だったので先に帰しました」

「「…………」」

二人とも絶望したような表情で黙ってしまった。別にシリカ嬢を擁護《ようご》してあげる筋合いはないからありのまま言うよ？　それ以上に言わなかっただけ感謝して欲しいくらいだ。

貴族側に屋敷を任せられた上にシリカ嬢は邪魔だから帰されたって一体何を仕出かしたって思うよね。

「……僕が望む物件は商業ギルドが所有する物件の中にはなかったみたいです。シリカさんは頑張ってはいましたが、頑張りすぎでしたので先に帰しました」

さすがに二人の顔を見ていると哀《あわ》れに思えたので少し擁護してしまった。

ま、シリカ嬢に別段恨みを覚えたわけでもないからね。少しイラッとしたけど。

「ご迷惑をおかけして申し訳ありません。中央区の元商人が住んでいた豪邸というとあの風呂場が豪華なお屋敷ですね？」

「ええ。レベッカさんも知っているのですか？」

「はい。あの改装をするに当たって色々と便宜《べんぎ》も図《はか》りましたので。……あの屋敷を手放しましたか。なるほど」

いや、一人で納得しないで。何かあるの？　領主が今まで頑なに手放したがらなかった屋敷をぽっと出の俺に貸してくれたとか？　うわー目立つな。

「なにかありましたか？」

「いえ、あの屋敷は領主様が商人を王都に進出させてまで欲しがった屋敷だったもので。そのあとも手入れは怠《おこた》らなかったようで何か訳ありなのか調べていたところでした」

……本当に何か訳あり物件なの？　今さら別の家は嫌だな。俺が望む設備は整っているし、何かあるならその時に対応しよう。


ミリスさんも交えてレベッカさんとの話し合いに一定の決着がついた。俺のギルドランクはCランクとなりミリスさんが専属スタッフとなることが正式に決まった。

ただし俺のランクについては公表はされないし、専属スタッフがつく理由は俺の師匠がCランクポーション職人でありその代理として来ている俺も同等の対応をすることになったから、ということになる。謝罪をした理由もCランクポーション職人の弟子に対してならば十分理解が得られるらしい。

そして俺の最高品質ポーションに関しては、商業ギルドでも最高位幹部にしか通達しないことを約束してくれた。領主も含めて全力で隠蔽してくれるそうだ。領主は高品質と思っているから口裏を合わせるようにお願いされた。ちなみにレベッカさんは領主側がCランクポーションを持っていることは知らないみたいだ。あえて教える必要もないから売る時まで黙っておこう。

「ヤマト様は週に何本ポーションをお作りになれるのですか？」

レベッカさんとミリスさんでポーションの確認を済ませ、FランクとEランクで分けられたポーションを前にして真剣な表情でレベッカさんが問いかけてきた。色々と長引いたけどやっとポーションの買取りの話し合いになりそうだ。

「日にFランク三二本とEランク一六本ですね」

「…………日に、ですか。……ではこちらのポーションは昨日今日作ったばかりのものですか？」

そうか、まだ設備もない状態だった。それなのに今日は昨日より数が多いんだったな。

……ま、いっか。

「はい。まだ家を用意したばかりで作るのが大変ですけど、今後毎日用意はできます。それと今後は品質が落ちるポーションも出てくると思います」

自分で作ってみたいからね。一応軽く予告しておこう。

「…………必要な設備がご入用の場合は商業ギルドにご依頼ください。どんなものでも最優先で揃えてみせます」

ダダンガさんが基本的な物は用意してくれると思うけど、ポーション作り専用の物になると商業ギルドにお願いする必要もあるかも知れないか。

「その時はお願いします」

自分で作って売るポーションが増えたら万々歳だな。Cランクまで作れるってことになってるんだしDランクまでは出してもいいかな。……しばらくは様子見するか。

セルガでも一本持って来ていたし様子を見て数日に二本、三本なら問題ないだろう。

「分かりました。その際は遠慮《えんりょ》なさらずすぐにミリスか私にご依頼ください。もちろん今でも構いません。すぐにでも手配致します。何かありませんか？」

ずいぶんと押してくるな。まだ設備がどうなっているかも分からないんだから何も言えないからね。

「今はいいです。それでポーションの買取りはできますか？」

さっきからポーションを眺めるだけで金額とか言ってくれないからな。減額することはないだろうけど、数が増えたからね。あぁでも最高品質がどうとか言ってたな。

「もちろんです。ただ――こちらのポーションの買取り価格は高品質ポーションの五倍の価格でよろしいでしょうか。本来であればオークションにかけて数十倍の値段になるほどの品です。ですが、これほどの品質を安定してお作りになれるということであれば金額を抑える必要があります。我々としましても最高品質を取り扱うことはなく規定の金額を定めておりませんでした」

五倍？　昨日の五倍ってことか？　いや高すぎだろ。オークションで数十倍ってどれだけだよ……。

別に今回限りの取引ではないから目立つような大金が欲しいわけではないんだけど。……これでも今後の取引を考えて控えめにした金額ってことか。むしろ俺が値上げしてくることを見越して値段を低めに見積もっている可能性もあるのか。うーん、とりあえず当面の資金は欲しいから良いことにしよう。お金が余ってきたらポーションを生み出すのをやめればいいし。いずれは自分の力でポーションを作りだして緊急事態の時だけ魔法を使うようになりたいな。

「構いませんよ。昨日と同じ値段でも問題ありませんから」

「……昨日は申し訳ありませんでした。ポーションの価値を見誤ったことはギルドの失態でした。それも含めて昨日の謝罪として金貨五枚とポーションの不足分として金貨一五枚を用意しております。これは昨日時点でのポーションの価格に対する物です。今回からは先ほどの価格で対応させて頂きたく思います」

昨日の銀貨三〇枚を単純に五倍にしても銀貨一五〇枚、一五〇万Gだ。それを昨日時点の価格で不足金が金貨一五枚、一五〇〇万Gってヤバいだろ。オークションが数十倍って言ってたしオークション価格を想定していたのか。毎月億万長者になれるぞ。

「謝罪金を受け取るつもりはありません。ポーションの不足金についても今日話した価格で再計算して不足金を用意して頂けたら問題ありません。別段お金に困っているわけではありませんので」

一日の売り上げが一五〇万Gだよ？ これ以上もらう必要ある？ むしろ昨日の金額でも満足していたのにそれが五倍って……十分だから。

「い、いいえ、昨日の買取りは昨日時点の買取り価格になります。ここは商業ギルドとしても譲れません」

うーん。安く買い叩こうとしたらそれより安くなって慌《あわ》ててる？ 余りにも安く買いすぎたら他と比べた時に酷い差が出てしまうからね。まぁもらって損するわけではないか。借金のこともあるし。…………悪人には狙われやすくなりそうだけど。

「ではそれでお願いします」

「え、あ、はい。コホン、ミリス準備を」

俺があまりにも簡単に返したものだから面食らってしまったようだ。すぐにミリスさんに指示を出してミリスさんが硬貨の山を持って来てくれた。……ギルドカードに入金するなら事前に言って欲しいって言われていたんだった。わざわざ用意させてしまったな。

「ではこちらが昨日の不足金の金貨一五枚です。そして本日の買取り分が二七一万五〇〇〇Gになります」

……………。あれ？　昨日は三〇万Gでその五倍だよね？　ポーションの数が違うにしても額が増えすぎじゃない？

「内訳としましては高品質の五倍の価格でFランクポーションが一本七五〇〇Gになり、Eランクポーションが一本一五万Gとなります」

いやいや、FランクポーションとEランクポーションの差が激しくない？　ワンランクで二〇倍の開きってDランクポーションはどうなるんだよ！

これ二日で月の返済額超えるよ？　月に七〇〇〇万G超えるよ！　Eランクポーションは高品質で三万Gか。……あれ？　でもそれなら昨日一二本持って来たからそれだけで三六万Gだけど？　いや、補塡《ほてん》金《きん》はもらったけどさ。

「昨日は中品質で買取りをしております。品質が良かったので中品質の中でも一番高い価格帯で案内させて頂いたのですが私の予想をさらに超えるものだったため、あのような金額になってしまいました。申し訳ありませんでした」

なるほど。まさか俺みたいな子供が持ってきたポーションが高品質なわけがないと中品質の最高値で買い取っていたけど、調べたらそんな次元の話ではなかったわけね。

うーん。それはいいけど。これ稼ぎすぎだよね。確かに楽に簡単に大金が稼げたけどさ。……尊敬も集めているかも知れないけど実際には作れないから詐欺だね。……レベッカさんには頑丈《がんじょう》な土台になってもらおう。

「いえ、大丈夫ですよ。昨日も言った通りあの金額でも満足していますから。でも今後はこの金額になるわけですよね？」

「はい。各地に送って反応を待ちますが多少の値上げには応じることもできます」

いやいや、これ以上は結構です。Dランクポーションはしばらくお蔵入《くらい》りだな。毎朝の元気一発に皆で飲むか。

「金額に不満はありませんよ。もっと安くても問題ありませんし」

借金の返済にお金が欲しいとは思ったけどそんな急激な大金は庶民《しょみん》は持て余すからね。貯金するにしても数年は寝かせることになるから何かしらお金の使い道も考えるとしよう。

エピローグ

Potion Nariagari

「予定外ではありましたが、商業ギルド側を退け中央区のお屋敷をお渡しすることができました」

「ああ。ご苦労だった。今後もヤマト殿には注意を払ってくれ」

「はい。メルビン様と協力して関係の継続に努《つと》めて参ります」

ヤマトが商業ギルドで面談している頃、領主の屋敷ではカイザークがオルガノから屋敷の件について報告を受けていた。

「しかしギルド職員の質も落ちたものだな。そんな職員をあのレベッカ殿が送り込んで来るとはな」

「ヤマト様と面識がある者を選んだ結果みたいですね。私も最初は自分勝手な言い分に腹を立てましたが、結果的には自分の首を絞めるだけでした。ヤマト様が聡明《そうめい》であり助かりました」

商業ギルドがシリカを送り込んできたのは昨夜のレベッカとカイザークの会談の中で

カイザークが漏《も》らしてしまったことが原因であり、オルガノにはその話が届いていなかった。

当初の予定では貴族街の屋敷を渡す予定だったがシリカの度重なる屁理屈《へりくつ》によりそれが失敗。しかし貴族や商人が話題にしていた件《くだん》の屋敷を渡したことでむしろ事態はいい方へ傾くことになる。

貴族街の屋敷では商業ギルドが納得しないことは分かり切っていることであり、レベッカと協力態勢となったカイザークはその点で折り合いをつける必要を感じていた。そんな矢先に商業ギルドも関係している中立物件なうえ、所有権は領主であるカイザークが持っている、領主側としては現状で最善といえる物件を渡すことができた。

商業ギルドが所有している物件に入られては領主側には手出しが難しいことになっていた。オルガノは商業ギルドが所有している物件をどうにかして回避《かいひ》させたいと思っていたが、シリカの嫌がらせじみたダメ出しが続き貴族街の屋敷を勧め辛くなっていた。

そんな時に自爆したシリカの姿を思い出し笑みが隠せないでいた。

「あとは今夜にでも屋敷を訪問することにしよう。メルビンにも伝えておいてくれ」

「はい。ヤマト様にも軽くお伝えしておりますのであとで再度連絡をしておきます」

「いや、それはヒロネがすることになっているから問題ない。ヤマト殿にはヒロネのことを伝えたのだろう？」

「はい。少し戸惑っておられましたが面談をして決めると仰《おつしゃ》って頂けたので問題ないかと」

「ヒロネならばヤマト殿も気に入るだろう。竜人に興味を持っていることが少し気になるがヒロネを見ればその過ちにも気づくことだろう」

ヒロネはベルモンド家の末っ子でありカイザークからも溺愛《できあい》されていた。その清楚な立ち居振る舞いと王国でも指折りの美貌《びぼう》から貴族社会でも評判であり、家人《かじん》からも好かれていた。

婚約の話も持ち上がっていたがヒロネつきの執事ゼクートからの進言があり、カイザークも手放したくなかったことも相まって見送られていた。

しかし稀代《きたい》のポーション職人を手中に収めるためにカイザークはヒロネをメイドとして派遣することを決めたのだった。

「ヒロネ様のためであればヤマト殿もこちら側に歩み寄ってくれるでしょう。商業ギルドと軋轢《あつれき》があることもこちらの後押しになります」

「全くだ。商業ギルドで事件を起こしてくれて感謝だな。セルガは今どうしている？」

「ヴァリド男爵によると商業ギルドから一か月の資格停止処分を受けたそうです。今はヴァリド男爵が自宅謹慎《じたくきんしん》を言いつけ大人しくしているそうです。……ただ本人はその処分に不服があるようで、何かと騒ぎを起こしていると使用人から話を聞きました」

「ヤマト殿のことを伏《ふ》せているからな。突然の資格停止処分に謹慎だ、平民に暴行を加えた罪としては異例だな」

これまでもセルガは平民やランクが下の者に暴言や暴行を加えてきた。しかしそれを咎《とが》める者はいなかった。期待の新人薬師《くすし》として商業ギルド側も穏便《おんびん》にことを済ませてきたのだった。

それ故に今回の一件で突如重すぎる罰を受け、これまでのことを棚に上げて不平不満を口にしていた。

「本人もそう言っているみたいです。商業ギルド側の判断に異議を申し立てているみたいですね」

「………………ヴァリド男爵にセルガが支払う罰金と慰謝料を多めに渡してやれ。そして上《う》手《ま》く押さえ込むように厳命しておくのだ。ことは期待の新人を取り合うなどといった次元の話ではない。稀代の、それもベアトリーチェ卿《きょう》を越えるかも知れんポーション職人の争奪戦だ。下手な真似を仕出かしたら家を取り潰すことも辞《じ》さない構えだとくれぐれもヴァリド男爵に伝えておけ」

「はっ！　それでは私はこれで。失礼いたします」

オルガノが退出するのを確認し、カイザークは椅子《いす》に深く腰掛け瞑想《めいそう》する。

「ここまで清々しいのは久しぶりだな」

カイザークはこれまで行ってきた不正行為をレベッカに完全処理してもらったことで肩の荷が下りた気分であった。家の地位を上げるために色々と暗躍《あんやく》し危険を覚悟の上でツバキ達を招き寄せたことが実を結んだと感じていた。

「ヤマト殿が作ったCランクポーションを手土産にすれば陞爵《しょうしゃく》も夢ではない。ゆくゆくは王都へ屋敷を移すこともできるやもしれんな」

メルビンから聞き及んでいるCランクポーション一〇〇本の使い道を考えながらカイザークは笑みを浮かべていた。

そんな優雅《ゆうが》なひと時に水を差すように誰かが廊下《ろうか》を走る音が鳴り響き、せっかくの憩《いこ》いの時間を邪魔され眉間《みけん》にシワを寄せる。そして扉が強くノックされ許可を出すとヒロネが慌てて入って来た。

「お父様！　聞いてください！　私、殺されかけましたの！」

「なに？　どういうことだ？」

駆け寄るヒロネの言葉を聞き、さらに眉間にシワを寄せたカイザークはヒロネとその後ろにいるゼクートに視線を向ける。

「お父様に言われて平民の薬師のもとに行ったのですけど私が薬師と話していると私を殺そうとする竜人がいましたの！　私はただお話をしていただけなのに……。ゼクートがいなかったら私は死んでいたかも知れません！」

カイザークが視線をゼクートに向けるとゼクートは首を横に振っていた。当然である。ゼクート一人が身を挺《てい》して庇《かば》ったとしてもツバキを止めることなどできようはずがないのだ。それをカイザークは正しく認識していた。

「…………。ヒロネよ、あの亜人は確かに恐ろしく強いが無闇《むやみ》に攻撃を仕掛けることはない。何かしたのか？」

「何もしてませんわ！　私は薬師と話して屋敷に入ろうとしただけで！」

「ヒロネ、ヤ、──薬師殿と口論になったのか？」

「そ、そんなことどうでもいいでしょう⁉　それよりお父様、あの亜人に仕返しを思いついたの！　協力──」

「馬鹿者ッ‼　お前は何を聞いていたのだ⁉　儂《わし》の話を聞いていたのかッ！」

カイザークの怒鳴り声にヒロネだけではなくゼクートまでが驚きをあらわにした。これまでカイザークがヒロネに対して怒鳴ったことはなかった。それが一介の薬師のために詳しく話を聞く前に怒鳴りつけたのだ。

「そ、そんな。私はキチンとお父様のお話を聞いておりますわ」

「ではその薬師の名は？　亜人の名はなんという？　儂は昨日キチンと説明したはずだ」

「う。そ、そんな、平民や亜人の名前など覚えておりません……」

ヒロネはカイザークから話を聞いた時、脳内で薬師のことをセルガだと勝手に認識していた。ヤマトの屋敷に着いてセルガ以外の薬師であると認識し直したが、ゼクートから聞き直した内容で相手が平民や下民の出であると認識したヒロネはヤマトの名前もツバキ達の名前も覚える気はなかった。

普段のカイザークであればヒロネのことを妄信《もうしん》して話を受け入れていたが、ことはベルモンド家の未来を左右し兼ねないほどの事柄であった。秘蔵っ子のヒロネを差し出すのはヤマトのことをヒロネ以上の存在であると認めたからこそであり、ヤマトに嫁《とつ》ぐヒロネの幸せを願ってのことだった。

「…………。ゼクート、詳しく話せ」

「お待ちください！　話なら私がします！」

「ヒロネ、まずは黙ってゼクートの話を聞け。反論はあとから聞く」

絶望の表情を浮かべたヒロネはすがるような思いでゼクートを見る。そしてゼクートは千載一遇《せんざいいちぐう》の好機を得たと先ほどの状況を詳しく説明し、さらにこれまでのヒロネの行いを洗いざらい話した。途中ヒロネが妄言《もうげん》です！　と騒ぎ、他の使用人に押さえられることもあったがゼクートは全てをありのまま話した。そしてカイザークは頭を抱えていた。

「……それは全て真実か？」

「はい。我が命に賭けて」

「……………冗談で言える話ではないか。なぜ今まで黙っていた？」

「昨日までの旦那様に話しても妄言だと切り捨てられておりました故に」

「妄言であると切り捨てたいところだが、ヒロネの様子からもそうなのだろうな。……ふぅ、儂は父親失格か。まさかこんな事態になっていて気づかないとはな。お前がヒロネの婚約を止めていたのはこれが理由だな？」

ヒロネはゼクートの話を妨害し普段は見せない裏の顔をカイザークに見せていた。そして押さえつけられ全てを話され絶望のまま床にうずくまっていた。

「はい。ボロが出るのは間違いありませんでしたので」

「そのツケが今回ってきたか。ゼクート、率直に言え、まだ挽回《ばんかい》は可能か？」

「……………。正直言って難しいかと。しかしお嬢様が心を入れ替え、表の顔だけでヤマト様のもとに行くのならば可能性はあるかと」

それが可能であれば、とゼクートはつけ加える。カイザークは再び頭を抱える。どこに出しても恥ずかしくないはずの最愛の娘が裏では平民を見下し、貧困地域に赴《おもむ》いては暴行を繰り返していたなどと。そしてそれをヤマトに対して見せたと。

「ヒロネ。その様子では弁解はないな？　……………チャンスをやろう。ヤマト殿のメイド、使用人として雇われることだ。ヤマト殿は商業ギルドが全力で狙っているほどの逸《いっ》材《ざい》だ。何がなんでも我が家で迎える必要がある。そのことを正しく理解してヤマト殿のもとに行くがいい。ゼクート、あとは頼む。儂は少し休む。…………ヒロネ、もし失敗、もしくはなんらかの成果が出なかった時は――リガルンド子爵《ししやく》へ婚約を打診する」

「ッ！　な、そ、そんな！　それならヴァリド男爵家《だんしやくけ》でいいではないですか！　セルガ様は貴族でありながら稀代のポーション職人です！　お家のためにもそちらの方がッ‼」

「セルガはただの薬師だ。稀代という言葉を使うでない。お家のためならリガルンド子爵家の方が価値が高い。それに現在ヴァリド男爵家は落ち目の危機がある」

リガルンド子爵家はベルモンド子爵家と協力関係にあり、王都貴族にも強力なパイプを持っている古い家柄の貴族であった。

カイザークは何度か関係強化にヒロネを嫁にと打診を受けていたがヒロネ可愛さに返事を濁《にご》してきた。

リガルンド子爵は四〇代後半の肥満体であり、側室が二〇人以上いるとされている人物だった。そんな男のもとにヒロネを嫁にやるわけにはいかないと、代わりに様々な支援をして関係強化に努めてきた。

その結果が様々な不正行為に繋がっており今回の件でカイザークは吹っ切れていた。

「そんなぁ！　お父様！　お願いです！　リガルンド子爵だけは！　他でしたらいくらでも愛想《あいそ》良《よ》く振《ふ》る舞《ま》いますから！」

「ならばヤマト殿のもとに行くことだ。彼は儂が王都に招かれる時には一緒に連れて行くつもりだ。ヤマト殿に求婚されたならば儂は快《こころよ》く認めよう。そしてお前は王都暮らしもできよう」

「……絶対ですね？　本当にあの少年がセルガ様以上の人物なのですね？」

「あぁ、約束しよう。現在ヤマト殿以上の優良物件はない」

「分かりましたわ。全力で彼を振り向かせますわ」

失敗した時の恐怖からかヒロネは震えながら決意を言葉にする。

最初からここまで言っていればと悔《く》やむカイザークに貴族令嬢として満点の礼をしたヒロネはゼクートと共に退出する。

その振る舞いが裏表なく日常化していたなら、とヒロネの裏の顔に気づけなかったカイザークは項垂《うなだ》れていた。

あとがき

皆さま初めまして。この度、出版することになりました夜桜《よざくら》蒼《そう》です。

無事、発行できたことに女神様へ感謝を捧げます。アルテミリナ様ありがとうございます！　――さて、冗談はさておき。一体何を書けば良いのかと悩みに悩んでいる今、この頃です。

兎《と》にも角《かく》にも、まずは御礼申し上げます。

初の書籍化となり、分からないことだらけで担当者様とみこ先生には大変ご迷惑をおかけすることになりました。その他、関係各位のおかげでこうして書籍となって世に出ることとなり、感無量の想いです。ありがとうございました。

この作品を手に取ってくださった読者の皆様、ありがとうございます。きっとイラストに目が奪われたことかと存じます。私の無茶ぶりに応えてくださったみこ先生には、感謝感謝感謝であります。

まさかあのキャラクターイメージでここまで素晴《すば》らしいイラストを用意して頂けるとは……。プロの凄《すご》さをまざまざと見せ付けられました。

ツバキとシオンがとても可愛く、シオンの柔らかな微笑《ほほえ》みに癒《い》やされること請《う》け合《あ》いですね。ツバキとヤマトとの名場面も忠実《ちゅうじつ》に再現して頂けました。

完全防御態勢がなくてはこの物語は語れません。

あとがきを最後にお読みになっている方はもうお気づきかも知れませんが、当作品、非常にスローペースであります。一巻終了時点で転生してから二日目の昼頃。このゆっくりとしたペースで物語が進行して参ります。

主人公が一歩外に出れば、無数のフラグにぶつかり、イベントが発生するのは世《よ》の常《つね》である故に致し方がないことですね。はい。

休むヒマのないヤマト達の生活はこれからも続いていきます。


…………ここまで書いたわけですが、ページが余りました。

とりあえず、「ポーション成《な》り上《あ》がり」を書くに至った経緯《けいい》でも書こうかと思います。

私は元々、ファンタジー系のラノベ作品を中心に読む読専でした。書籍は半年から一年、長い物になると二年以上新刊が発売されるまでかかるものがあり、読んでいる作品の更新頻度《こうしんひんど》にヤキモキしていた読者の一人です。

学生時代の読書の時間から始まり、色々な作品を読んでいる内に「○○な作品が読みたいけどないなぁ、……なら書くしかないね」と思い、書き始めたのが執筆《しっぴつ》を始める切っ掛けでした。

それから何作も未完の作品を書き、その中の幾《いく》つか形になった作品をウェブ小説サイトに投稿して読者の反応に一喜一憂《いっきいちゆう》していました。

昨年一〇月中頃に、しばらく離れていた執筆を再開しようと思い、以前書いていた作品を読んで、その出来の未熟《みじゅく》さにのたうち回り、書き直しを決めました。

――そんな折に、ウェブ小説サイト「カクヨム」様が色々なイベントを開催していることを知り、どうせだから新作を作って投稿してみようと思い書き始めたのが、この「ポーション成り上がり。～楽《らく》に簡単《かんたん》に稼《かせ》げるスキル下《くだ》さい～」でした。

これまでとは作風を変えてみようと思い、お蔵入りになった未完の作品達を読み直し、何とも言えない微妙な気持ちになりながら作品達の良い所を抽出して、一つの世界を生み出すことにしました。

連載当初はまるで閲覧数が伸びず、趣味として自己満足できればそれでいいと思い書き進めていました。ただ新しい書き方が性に合っていたのか、書いていて楽しく感じることが多く、書きながら物語が進み広がることに面白さが増し、共感してくださる読者の方も現れるようになり、書く喜びに満たされることになりました。

初めは少なかった閲覧数も毎日更新していると徐々に増え、フォローも増え、いつの間にか日間ランキング上位にタイトルが載《の》っていました。

毎日更新は日々、締め切りとの闘いであり激戦でした。ですが、そのかいもあって日間、週間、月間ランキングで一位という栄を得ることができました。

今回出版することができたのも、偏《ひとえ》に読者の皆様の応援のおかげだと思います。本当にありがとうございました。

このあとがきを書いている時分は、まさに新型コロナウイルス蔓延の真《ま》っ只中《ただなか》となっております。

私は幸運にも自身を含めて周囲にも被害は出ておりませんので、仕事以外では自粛《じしゅく》という名の執筆作業に明け暮れ、一人部屋に引きこもって生活をしております。

大変な時ではありますが、自粛疲れの癒やしにこの作品が役立てれば幸いです。

皆さまの健康と新型コロナウイルスの早期終息を切に願っております。

■ご意見、ご感想をお寄せください。……………………………………………………

ファンレターの宛て先
〒102-8177　東京都千代田区富士見2-13-3　ファミ通文庫編集部
夜桜 蒼先生　　みこ先生

FBファミ通文庫

ポーション成《な》り上《あ》がり。
～楽《らく》に簡単《かんたん》に稼《かせ》げるスキル下《くだ》さい～

1763

2020年6月30日　初版発行

◇◇◇

著　者　夜桜《よざくら》 蒼《そう》
発行者　三坂泰二
発　行　株式会社KADOKAWA
〒102-8177 東京都千代田区富士見2-13-3
電話 0570-060-555(ナビダイヤル)
編集企画　ファミ通文庫編集部
デザイン　ムシカゴグラフィクス
写植・製版　株式会社スタジオ205
印　刷　凸版印刷株式会社
製　本　凸版印刷株式会社

●お問い合わせ（エンターブレイン ブランド）
https://www.kadokawa.co.jp/（「お問い合わせ」へお進みください）
※内容によっては、お答えできない場合があります。
※サポートは日本国内のみとさせていただきます。
※Japanese text only

ISBN978-4-04-736162-1 C0193

定価はカバーに表示してあります。

暇人、魔王の姿で異世界へ
時々チートなぶらり旅10

著者／藍敦
イラスト／桂井よしあき

既刊 1～9巻好評発売中!

新たな解放者はカイヴォンの妹――!?

カイヴォン一行が向かったのは金と力があればどんな欲望も叶うというエルダイン領。街で情報収集している途中でヴィオと再会した彼らは、力を借してほしいとお願いすることに。すると、交換条件として、参加する大会で援護してほしいと持ちかけられ、承諾するのだが……。